あの日助けた幼い兄妹が、怒濤の勢いで恩返ししてきます

新高

B's-LOG BUNKO
ビーズログ文庫

イラスト／オオトリ

contents

エリアス・フォン・アインツホルン
伯爵家の次男。
妹と共に義両親により
虐げられてきたが、
レナと出会い運命を変える。
あの日助けた幼い兄妹が、
怒濤の勢いで
恩返し
してきます
レナ・シュナイダー
王都で人気の若きドレスデザイナー。
曲がったことが嫌いで、
熱くなってしまうことも多々。
婚約破棄された過去があり、
恋愛することを諦めがち。

character

クラウド・フォン・ザーヴィングラン

ザーヴィングラン国の王太子。
カリンに惚れる。

カリン・フォン・アインツホルン

天使のように愛らしいエリアスの妹。
大切なものに害をなすことを許さない。

モニカ・フランシル

レナより十ほど年上の
隣国のドレス工房の女社長。
似た境遇もあり
レナと意気投合する。

アネッテ・フォン・ベルガー

伯爵夫人。
レナの才能と人柄に惚れこむ
貴族の一人で
エリアスとの見合いを勧める。

プロローグ

本日は晴天なり、で絶好のお見合い日和《びより》。

少しだけ年下だけど、という話を聞いてはいたが「少しだけ」どころではなかった。

まさかの未成年。

うっそでしょ、と飛び出そうになった言葉をどうにか呑《の》み込みひとまず会話を始めてみると、思いのほか楽しかった。

が、その後もたらされた衝撃《しょうげき》の事実に、レナ・シュナイダーは堪《たま》らず叫《さけ》んだ。

「――貴族こわっ!!」

レナ・シュナイダーは国内でも人気の若きドレス職人である。

彼女の手がけるデザインはとても人気で、王侯《おうこう》貴族から庶民《しょみん》にまで高い人気を誇《ほこ》る。

そんな彼女を特に贔屓《ひいき》にしているのがアネッテ・フォン・ベルガー伯爵夫人《はくしゃくふじん》だ。レナが仕事を始めた時から今日までずっと、とにかく可愛《かわい》がってもらっている。

そんな彼女から「貴女《あなた》にどうして逢《あ》わせたい人がいるの」と言われたのは半月ほど前。

えええ、とどうにか断ろうとするも「とてもいい人よ」「きっと気に入るわ」「少しだけ年下だけど、年下の男を自分好みに育てるのも楽しいわよ」などと上手《うま》く言いくるめられてしまった。

これまでも何度となく勧《すす》められはしたが、そのたびに「今は仕事が恋人《こいびと》なので！」とか「ちょうど仕事が立て込んでいて」などとそれらしい理由を挙げてはその話題を逸《そ》らしてきた。これまでの夫人であれば、それで引いてくれていたけれども今回はやたらとごり押ししてくる。

夫人との付き合いは長く、親しくさせてもらってもいるので、これ以上断り続けるのは無理かとレナは覚悟《かくご》を決めた。

せめて夫人の面子《メンツ》を潰《つぶ》さぬように、そしてもし万が一、本当に「いい人」であったなら、これからの自分の仕事もさらに飛躍《ひやく》できるかもしれない。

そんな邪《よこしま》な考えもありレナはいつも以上に気合いを入れた。これまでも、貴族の茶会や夜会などには、ドレスの宣伝も兼《か》ねて臨《のぞ》んでいたが、今回はその比ではない。

新たなパトロンを獲得《かくとく》するための機会だと、レナはそう考えることにしたのだ。

だからこそ、今日レナが着ているドレスは生地《きじ》に拘《こだわ》った。

白いレースをあしらった、緑色のドレス。

全体的にあまり派手にならず、かといって地味だと思われないデザインを心がけた。

デコルテを美しく見せるために胸元《むなもと》は広めだが、大ぶりのレースで縁取《ふちど》ることにより清《せい》楚《そ》な印象を与《あた》える。

袖《そで》の部分には白色のリバーレースをふんだんに使い、スカートにはドレスと同じ生地をレースとして用いて華《はな》やかさを演出してみせた。

そんな打算を持って臨んだのが神の不興でも買ったのか、レナは茶会の席に着く前に不様にすっ転んでしまった。

「お怪我《けが》は？」

転んだレナを助け起こしただけでなく、わざわざ椅子《いす》を引いて座らせてくれたのは本日の相手であるエリアス・フォン・アインツホルン伯爵令息その人だ。

黒く滑《なめ》らかな髪《かみ》に、透《す》き通《とお》る青い色の瞳。

筋の通った鼻、その下にある唇《くちびる》、それらを内包する輪郭《りんかく》まで美しく、まるで美の彫像《ちょうぞう》のようだ。

レナの薄茶《うすちゃ》色の髪だって陽の光が当たればキラキラと輝《かがや》いて見えて綺麗《きれい》ねだとか、若草色の瞳は夏の草原みたいで素敵《すてき》よ、などと褒《ほ》められることはまれにある。まれ、であるし、客商売であるからして、言う方も言われる方も聞こえのいい言葉を使っているだけだ。だが、目の前の彼に関しては心の底から賛辞しか出てこない。

おまけにどうであろう、彼の美しさは顔かたちだけでなく、声にまでも及《およ》ぶのだ。小鳥が歌うような、まるで少女の如《ごと》く透き通る声――。

そう、まだ声変わり前の、どう見たって「少しだけ年下」の域を超《こ》えている。そんな彼の姿がレナに二重の驚《おどろ》きを与え、膝《ひざ》から力が抜《ぬ》けて転んでしまったのだ。

「ええと……アインツホルン卿《きょう》……」

年齢《ねんれい》的には名前で呼びたいくらいだが、それでも相手は伯爵家。建国以来続く名家だ。それに見合いとして来ているのだから、ギリギリとはいえ成人している……と思いたい。

この国では十六歳から一応の成人扱《あつか》いを受ける。

だとしても現在二十歳《はたち》のレナからすれば四つも下であり、成人と言えど二十代と十代ではこの差は大きい。

「エリアスと呼んでください」

呼べるか、と喉《のど》から飛び出そうになった言葉は呼吸と共に呑み込んだ。

レナは乾《かわ》いた笑《え》みを張りつかせながら「それでは私のこともどうぞレナと」と返す。初手で不様すぎる姿を見せたのだ、今更《いまさら》取《と》り繕《つくろ》ったところで無駄《むだ》である。

そう腹を括《くく》ったからか、レナはこの数年で貴族相手に培《つちか》った話術で場を盛り上げた。

いや、これにはエリアスの功も大きかった。

彼はとても話を聞くのが上手いのだ。レナの話を良く聞き、小さな話題も拾っては広げてくれる。頭の回転の速さがそれだけで分かり、レナはだんだんとこの場を楽しみ始めていた。

それでも気になる点は残る。時々エリアスが言い淀《よど》む「ぼ……」という一言だ。その後に必ず「私」と口にするので、ああこれは普段《ふだん》の口調は「僕」であり、今は努めて大人びた口調でいるのだと察してしまう。

可哀相《かわいそう》に、彼は彼できっと無理やりこの場に呼ばれたのだろう。

自分と同じで詳《くわ》しく聞かされていないのかもしれない。もっとも、レナは聞かされていないというより、自ら聞こうとはしなかったわけであるが。

なんにせよ、これほどまでに聡明《そうめい》であり庶民のレナに対しても優《やさ》しく穏《おだ》やかに接し、そして美しい青年、もとい少年にこれ以上自分の相手をさせるのは申し訳なさすぎた。

「エリアス様、今日はありがとうございました。お話しできてとても楽しかったです」

「ぼ……私もです」

また「僕」と言いそうになったのだろう、一瞬《いっしゅん》の間ができるがそれ以外はエリアスの本心であるようだ。浮《う》かべた笑みが初めて年相応の幼さを見せ、レナの中の母性なのか人としての庇護《ひご》欲なのか、とにかくそんな感情がぶわっと湧《わ》き上《あ》がる。が、それと同時にこれはもしや想定していたよりもさらに若いのではないか、という疑惑《ぎわく》もレナを襲《おそ》った。

「あの……エリアス様、一つお尋《たず》ねしてもよろしいですか？」

「なんでしょう？」

「大変失礼ながら……今、おいくつで……？」

「じゅうご……、ななです！　十七、に、なったばかりの若輩者《じゃくはいもの》ですみません」

じゅうご！　十五って言った!!　まさかの十五歳！　未成年ーっっっ!!

ぎょっと目を見張った後、慌《あわ》てて笑みを張りつかせるが、聡明な彼にはレナの動揺《どうよう》が伝わったらしい。気の毒なほどに肩《かた》を窄《すぼ》ませ「すみません」と何度も口にする。

「貴女の貴重な時間を、僕なんかに使わせてしまって……」

「それはこちらの台詞《せりふ》です！　エリアス様、どうか顔を上げてください」

シュン、と項垂《うなだ》れた姿は紛《まぎ》れもなく十五歳の少年だ。

王族やそれに連なる家系であるならば、繋《つな》がりを求めて幼い頃《ころ》から婚約者《こんやくしゃ》がいたりもするかもしれないが、そうでなければこうして外で見合いをして婚約者を探すとなると十五歳は若すぎる。

アインツホルン家が長く続く由緒《ゆいしょ》正しき家柄《いえがら》であるとしても、わざわざこうして外で見合いをする必要もないはずだ。

「謝罪をしなければいけないのは私の方です。アネッテ伯爵夫人がきっとご無理を言ったのでしょう？」

え、とエリアスが顔を上げる。

「夫人は私がずっと独り身でいるのを心配してくださっているんです。これまでも何度かそういうお話をいただいてはいたんですが……今回は私も断れなくて」

「いえ、僕は」

「あ、でも夫人は基本的にいい方ですよ？　ってああ駄目《だめ》だ、基本とか言っちゃ失礼ですね。アネッテ夫人はちょっとお節介《せっかい》なところもあるけれど、朗《ほが》らかで優しい方なんです」

「はい……それは、僕もそう思います」

それでもやはり貴族としての強引《ごういん》さというか、凄《すご》みを感じるが今はエリアスの同意を得られたのでレナは良しとした。

「エリアス様は今日のような席は初めてですか？　……私は初めてだったんですけど」

「僕も初めてでした。だから、という言い訳にしかなりませんが、上手に振《ふ》る舞《ま》えなくて申し訳ありません」

「おっとそれなら私の方がひどいですからね！　初っぱなで転びましたから」

それは、とエリアスは口を開きかけたが、レナは茶目っ気たっぷりの笑顔《えがお》で制す。

「それなのに笑うでもなく、呆《あき》れるでもなく、見事な対応をしてくださったのはエリアス様です。あれ以上の紳士《しんし》な振る舞いは見たことがないですね！　少なくとも私は！」

そう力説すれば、エリアスは少しばかりほっとしたような表情を浮かべた。

「こんな私にもエリアス様は素晴《すば》らしい対応をされていましたから、どうぞこれからは自信を持ってください。次にお見合いの席が設けられた時はバッチリですよ！」

次に、ということは今回は残念ながらという話だ。エリアスもそれを理解したのか少しばかり寂《さび》しげに笑みを浮かべる。

「そうですね……僕ではあまりにもふさわしくない」

「え、いや違《ちが》いますよ？　相応《ふさわ》しくないのは私の方で」

まさかそう返されるとは思ってもみなかった。レナは訂正《ていせい》するが、エリアスは首を横に振る。

「貴女はとても素敵な方です。だから、やはり僕みたいな人間とはこれ以上関わらない方がいいと思います」

気を遣《つか》わせている、にしてはエリアスの醸《かも》し出《だ》す空気が重い。

悲しみに溢《あふ》れ、それでいてどこか諦《あきら》めてもいる。こうなるより他にない、と無理やり自分を納得《なっとく》させている姿にレナは慌てて口を開く。

「あの、エリアス様、違いますからね？　相応しくないのは私です。身分はもちろん、年が上すぎるというのもなんですが、それ以上に……あの、私の話はご存じですか？」

思い出すだに恥《は》ずかしい。しかしエリアスをこのままにしておくのは申し訳なさすぎる。

「すみません……この年まで、ほとんど社交の場に出たことがないので……」

「いえいえいえ！　むしろお耳を汚《よご》してなくて良かったです！　まあ……今から直接そうしてしまうわけですが……」

ははは、とどうしたって引《ひ》き攣《つ》った笑みが出てしまう。

レナは三回ほど深呼吸を繰《く》り返《かえ》すと、できるだけ平静を装《よそお》って話し始めた。

「実は私、婚約破棄《こんやくはき》をされたことがありまして――」

第一章 兄妹との運命の出会い

　レナは王都の西にある小都市で生まれた。小さな頃《ころ》から絵を描《か》くのが人好きで、それも風景や人物ではなく、花や草木をモチーフにしたデザインを考えるのが何よりも楽しかった。

　初めはハンカチやスカートの裾《すそ》に小さな刺繍《ししゅう》を施《ほどこ》していたが、年を経るごとにその技術は進化していく。

　家族から親戚《しんせき》、仲のいい友人へと広がっていったレナの技術は、いつの間にかとある商家のご夫人の目にとまることに。

　それが大層気に入られ、レナは弱冠《じゃっかん》十四歳にしてそのご夫人お抱《かか》えの職人兼《けん》デザイナーとなった。

「その方の紹介《しょうかい》で、十六の時に男爵家《だんしゃくけ》のご子息と婚約《こんやく》しました」

　リカルド・マイアー男爵子息は一言で言うならば愚《おろ》かであった。貴族に生まれたからこそなんとか生活できてはいるが、これが平民であったならば相当な苦労をするだろうことは一目で分かるほどに。

それでも親にとっては可愛《かわい》い息子《むすこ》で大事な跡取《あとと》り。せめて妻となる相手はしっかりしていてほしい。その要望になぜかレナが引っかかってしまったのだ。

レナは庶民《しょみん》ではあるが、商家のご夫人、そこから派生した人との繋《つな》がりのおかげで庶民にしては多くの知識を学んでいた。夫人のお抱えの職人兼デザイナーとして活躍《かつやく》しつつ、その他でドレスのデザインを請《う》け負《お》って仕事に繋げていた。

年若いのに自力で収入を得ている。それらがどうもお眼鏡にかなったらしい。

男爵家からの必死の説得と、世話になっているご夫人からの紹介というのもあって、レナは最終的にリカルドとの婚約話を受け入れた。

リカルドは愚かではあるが性格まで腐《くさ》っているわけではない。レナがこれまでしてきたことに関して素直《すなお》に称賛《しょうさん》してくれるし、交流のある他家の令嬢《れいじょう》にそれとなく宣伝をしてくれたりもしていた。

息子のそんな姿に男爵夫妻は大層喜び、これもひとえにレナのおかげだと感謝していた。

だが、その年の冬。領主主催《しゅさい》の夜会の場にて騒《さわ》ぎは起こった。

「私を婚約者として正式にお披露目《ひろめ》する場でもあったんですが、その時に……別のご令嬢の手を取って姿を現しまして……」

「婚約披露《ひろう》の場で……？」

エリアスの信じられないとでも言わんばかりの表情に、レナは静かに頷《うなず》く。

「あげく、そこで婚約破棄《はき》をすると言い出しまして」

衆人環視《かんし》の中で突如《とつじょ》言い放たれた婚約破棄。

もちろんこれは完全なる言いがかりだ。レナに非は全くない。彼曰《いわ》く、「僕の心はすでに彼女と共にある‼」とまさに自己陶酔《とうすい》状態だった。

「後から知った話ですが、その時彼と一緒《いっしょ》にいたのは伯爵令嬢《はくしゃくれいじょう》の……たしか、ネナーテ様とかそんなお名前の方で」

「伯爵家との繋がりのために、貴女《あなた》との婚約を破棄するなんて暴挙に出たんですか？」

「……それならまだ良かったんですが」

その目論見《もくろみ》だってありはしたのだろう。だが、それ以上に彼は砂糖菓子《がし》より甘くて脆《もろ》い『真実の愛』とやらに目覚めたと主張し、そして令嬢の方はどうやらレナから婚約者を奪《うば》ったというのが楽しいようだった。

レナに色々と教えてくれたのは噂《うわさ》好きのご令嬢達だ。その時に、「生意気な平民をやり込めてやった」と誇《ほこ》らしげに吹聴《ふいちょう》していたのだと聞かされ愕然《がくぜん》とした。

「その方にそこまで恨《うら》まれる覚えはなかったんですけど、どうもそうだったみたいで……」

自分より目立つ庶民が気に入らない。それだけの理由で繰《く》り広《ひろ》げられた蛮行《ばんこう》だった。

「そんなことのために……婚約破棄を？」

エリアスの常識からは到底《とうてい》信じられないのだろう。ドン引きもドン引きの顔で固まっている。ですよねえ、そうなりますよねえ、とレナはうんうんと頷くしかない。

「でもそれでは貴女は何も悪くはないじゃないですか」

「ええ……そこで終わればそうのはずでしたが……」

いくら相手が庶民だからといってもこれはあまりにも一方的すぎる。夜会の場であるというのも論外だ。

貴族としてあるまじき行為《こうい》であると、同じ貴族からもリカルドとネナーテは侮蔑《ぶべつ》の視線を浴びていた。

だが、自分に酔《よ》っている彼らはそれに気付かず、さらに婚約破棄を強行するためとんでもないことを言い放った。

「ネナーテ様はすでにリカルド様の子どもを身籠《みご》もっている、って言いやがってくださったんですよねあのクソヤロウ……」

エリアスは絶句する。そんな彼の前で、レナは盛大《せいだい》に息を吐《は》き出《だ》した。

「私と婚約をしている状態で浮気《うわき》をしていただけでなく、身体《からだ》の関係まであると自ら暴露《ばくろ》したものですから」

ついにレナはキレてしまった。それはもう盛大にキレた。

「馬っ鹿じゃないの、っていうか馬鹿！　馬鹿だわ大馬鹿よ何やってんのよこの馬鹿！

ええ知ってたわよあんたが典型的な馬鹿息子だってはじめっから知ってた！　けどね、あんたのご両親はそりゃあいい方だもの！　そんな方達の血を少なくとも継《つ》いでいるんだからいつかあんたもそうなるかもねってのもあってくそ面倒《めんどう》な貴族の世界に足を突《つ》っ込んだっていうのに何!?　何やってんのこのボンクラぁっ!!」

レナは庶民である。近所には力仕事で活躍する根はいいが気性《きしょう》の荒《あら》い猛者《もさ》が多くいた。その影響《えいきょう》とは言いたくないが、おかげでレナの口は他の少女達と比べてわりと悪かった。

そんなレナから放たれる罵詈《ばり》雑言はリカルドとネナーテだけでなく、普段《ふだん》そういった怒《ど》声《せい》を聞かない貴族の子息令嬢達をも怯《おび》えさせた。

「百歩譲《ゆず》って婚約破棄するのはいいわよ！　でもだからって今!?　ここで!?　言う必要あった!?　私は元より、婚約者がいるのにそれを奪ったたっていうのがまる分かりよ!?　そんな状態に真実の愛のお相手だっていうそこのオヒメサマ晒《さら》すとか正気!?　ああ正気じゃないわよね、そもそもあんたに正気なんてなかったわ!!」

怒《いか》り心頭のレナは周囲が凍《こお》りついているのに気がつかず、淀《よど》みなく滑《なめ》らかに罵倒《ばとう》を続けた。

「この時点で万死《ばんし》に値《あたい》するってくらいなのに子ども……子どもって！　ほんと何やってんのよ、ただでさえボンクラクソ息子だったのにここにきて下衆《げす》要素まで加わるってこれ格上げなの⁉　格下げなの⁉　どっちよ！　まあどっちにしろ人として底辺も底辺になったわけだけど今更《いまさら》あんたがどうなろうといいわ、それよりこれから生まれてくる子どものこと考えなさいよ！　こんな形で存在知られちゃったらもう一生この話がついて回るじゃないの、その子どもに‼」

婚約者がいる相手と浮気をし、その状態で子まで成した。それだけでも白い目で見られるだろう。だが、その事実は隠《かく》そうと思えば隠せるものである。こうやって、大勢のいる場で口にさえしなければ。

「あんたら二人が世間からどう見られようとほんっっとうに構わないわ！　一生ひそひそされてればいいいし、そんなの気にするようなか細い神経なんて持ってないでしょ！　私もいいわよ、何一つ悪いことしてないもの、言いたいヤツは好きに言えばいいしね。その分全力で言い返すけど‼　でもね、あんたらの子どもはそうはいかないでしょ‼　一番あんたらが守らなきゃいけない存在を、今の時点で最悪の状態に置くってどういう神経してんのよこのド屑《くず》共がぁっ‼」

婚約を破棄された怒りや悲しみよりも。

人前で辱《はずかし》められたという羞恥《しゅうち》よりも何よりも。

新たにこの世に生を受ける子どもが、すでに不義の子であると晒されているのがレナは一番許せなかった。

「などと、大勢の貴族のいる場で男爵家の子息と伯爵家の令嬢へ罵詈雑言を浴びせかけたという過去がですね……あるんです」

今でも間違《まちが》ったことは言っていないとレナは思っている。ただもう少し、なんというか、言葉を選ぶべきだったかもしれない。一応「死ね」だとか「ぶち殺す」などは言わなかっただけマシではあるのだが、それにしたって口が悪すぎる。

「結局、子どもがいるというのはその場限りの嘘《うそ》だったので、それについては良かったんですけど」

「……良かったんですか？」

「そりゃあもちろん」

「なぜですか？」

「なぜって……性格の悪い人間って他人のそういう話大好きじゃないですか。そういうクソ……下衆……人間は相手が子どもだろうと矛先《ほこさき》を向けるでしょう？　それが貴族ともなるとより一層、不貞《ふてい》の子だの不義の子だのと好き勝手言うじゃないですか」

庶民の間ですら陰口《かげぐち》を叩《たた》く人間は多い。貴族にとって他人の醜聞《しゅうぶん》は格好の餌食《えじき》だ。

そんなところに生まれた子どもが一体どうなるのか考えるだけで胃が痛くなる。

「その子自身にはなんの非もないのにですよ。でも、嘘だったんで、そういう目に遭《あ》う子どもがいないのが本当に良かったなって」

その分レナに飛んできたわけであるが。

それを察したのかエリアスは美しい眉《まゆ》をつり上げた。

「やっぱり、貴女こそ何も悪くないじゃないですか！」

「そうなんですけど、何しろ全力で言い返したものですからこう……言ってしまえばドン引きされましたよね。引き潮かな、ってくらい引かれました」

単純に怯えさせてしまった。それでもレナから離《はな》れず、何か困った時は力になると言ってくれた令嬢達の存在はレナにとっては神に等しかった。

「両家のご両親もまとも……とても良心的な方々で。庶民の私に謝罪だけでなく、その後の補償《ほしょう》もしてくださいました」

慰謝料《いしゃりょう》として両家から莫大《ばくだい》な金額を提示された。

ある程度は受け取るつもりであったものの、あまりにも想定外の額すぎてレナは一度断った。しかし、どうかお願いだからと頼《たの》み込まれ、最終的に受け取る方向で話を進めた。

「それを元手に王都へ来たわけです」

どうしたって腫《は》れ物扱《ものあつか》いになるのが気まずく、本格的にドレスのデザインを仕事にしたいのもありレナは故郷を出た。

「こちらへ来てすぐにアネッテ様にお声がけいただいて、それからずっとお世話になっています」

実はアネッテもあの夜会に参加しており、一部始終を観《み》ていたのだ。

しかも、その場で泣き出してもおかしくない中、容赦《ようしゃ》なく相手を罵倒するレナをアネッテは気に入ったのだそう。

「私は悪くない、んですけど、でもやっぱりですね……どれだけ猫《ねこ》を被《かぶ》っていてもこういう性格なんだというのでその後の結婚《けっこん》相手はなかなか見つからず……私自身も面倒だなと思うのもあり……」

以前ほど聞かなくなったとはいえ、それでもやはり婚約破棄から始まる一連の騒動《そうどう》を知っている人間は多い。それどころか、地方の小都市の話であるのに、王都にまで話が広まってしまい、どうにもレナはいたたまれないでいた。

「幸いアネッテ夫人のおかげで仕事としては成功していますが、婚約やそこから先の結婚となるとですね……どうしてもですね……二の足を踏《ふ》まれてしまいますよねえ……」

今ならきっともう少しマシな動きができたと思う。若気の至りって怖《こわ》い、と自分事ながら笑うしかない。

「と、いうことで、結婚するとなると私はとんだ不良債権《さいけん》なわけです。だから、エリアス様に相応《ふさわ》しくないんですよ」

彼ならばもっとずっと素晴《すば》らしい相手と出会えるはずだ。
二、三年もすればきっと立派な青年になるだろう。そうすれば貴族の令嬢どころか、王家の姫君《ひめぎみ》だって虜《とりこ》にしてしまうかもしれない。
そういえばこの国の第一王女は今年十三歳だったはずだ。

エリアスとも二歳差でお似合いではなかろうか。

もし今後二人が出会い、結婚となった暁《あかつき》には是非《ぜひ》とも婚礼《こんれい》用のドレスを自分がデザインできたら……と、レナが勝手な未来図に思いを馳《は》せていると、エリアスが小さな声で呟《つぶや》いた。

「それを言うなら、僕の方が……」

「はい？」

「僕の方が不良債権ですよ」

「エリアス様が？」

またまたぁ、と笑うレナに「はい」とエリアスは簡潔に答える。

「私よりも、ですか？」

「ええ、貴女よりもよほど僕の方が不良債権です」

「失礼な言い方になりますけど、エリアス様の中身も容姿も家柄《いえがら》も、全て優良にしか見えませんが……？」

「貴女に褒《ほ》めていただけたのはとても嬉《うれ》しいのですが……それらが全部、負債《ふさい》でしかないんです。アインツホルン家の財政が厳しいというのはご存じですか？」

一瞬《いっしゅん》迷ったが、レナは小さく頷いた。

広大な領地を持ち、かつては公爵《こうしゃく》家《け》に匹敵《ひってき》するとまで言われていたアインツホルン家の財産であるが、先代辺りから徐々《じょじょ》に傾《かたむ》き始め今はさらに加速しているというのは、王都にいる貴族の間では有名な話だ。

貴族の家に出入りしているレナの耳にも、否《いや》でも応《おう》でも入ってくる。

「すでに世間に知られているのもお恥《は》ずかしい限りですが、実際は噂以上にひどいものなんです」

え、と思わず声を漏《も》らしたレナにエリアスは苦笑《くしょう》を浮《う》かべる。

「先祖の財産はとっくに使い果たしています。領地の権利も手放していて」

「えっ⁉　そんなことって許されるんですか⁉」

「許されませんよ。ですから、表面上はまだアインツホルンの領地です。そこからの収入を……債権者に分配しています」

うわあ、とレナは引く。むしろこれを聞いて引かない人間はいないだろう。

だが、エリアスの話はこれに止《とど》まらない。

「一体どうして？　アインツホルン伯《はく》はどうなさっているんですか？」

「父と母……それに兄は、一切《いっさい》気にしていません」

「気にしてないって！　というか、エリアス様にはお兄様がいらっしゃるんですか？」

「義理の兄ですが」

「ご結婚はされて？」

「いいえ、来年で二十になりますが今も楽しく遊んでいますよ」

「それならむしろ今日はお兄様の方が適役だったのでは？」

すでに成人しており、自由に遊んでいられる身分の兄がいるのならば、未成年のエリアスに見合いを押しつける意味が分からない。

「ものすごくぶっちゃけますけどよろしいですかエリアス様」

「どうぞ」

「今日のお見合いって早い話が商売をより手広くするための家格が欲《ほ》しい私と、そんな私の少なからず持っている財産が狙《ねら》いなわけじゃないですか」

「ええ、そうですね」

「それなのに、成人されているお兄様ではなく、未成年のエリアス様が……？」

それとも兄の方は別の見合いでもしているのだろうか。

しかし、エリアスの口ぶりからしてそうではないとレナは感じた。

「なんと言うか……今のアインツホルン家は少し面倒なことになっているんです」

そう告げて、エリアスはポツリポツリと語り始めた。

❦❦❦

アインツホルン伯爵家は当主のマッテオ、妻であるザビーネ、長兄《ちょうけい》のカトルに次男のエリアス、そして九歳になったばかりの長女カリンという五人家族である。だが、この家族の中で血の繋がりがあるのはザビーネとカトル、そしてエリアスとカリンだ。

んんん？　とレナは小さく首を捻《ひね》る。確かにパッと聞くと関係性が難しい。

「母が八年前に亡《な》くなりました。カリンは一歳になったばかりで、父はカリンのためにもと義母と再婚《さいこん》しました。義兄《ぎけい》のカトルは義母の連れ子です」

エリアスもまだ七歳の頃で、新たに増えた家族を素直に喜んでいた。が、しかし。

「翌年に今度は父が亡くなって……その三カ月後に義母が義父と再婚して……今のアインツホルン家になりました」

「それは……なんと言いますか……」

再婚するの早くね？　とか、そんな立て続けに？　だとか、エリアス様がものすごく顔を歪《ゆが》めて辛《つら》そうに話されているのがとてつもなく不穏《ふおん》な気配を感じて怖いんですけど⁉

と叫《さけ》びそうになるが、レナはそれらの突っ込みを全力で抑《おさ》え込む。

「義父と義母にとって可愛いのは義兄だけのようで、僕とカリンは……あ、別に暴力を振《ふ》るわれているわけではないので、そこは大丈夫《だいじょうぶ》です」

「何一つ大丈夫ではないですねエリアス様」

とんだ屑の義理の両親と血の繋がらない兄。可愛がっているのが長男だけとはいえ、アインツホルン家の窮状《きゅうじょう》を考えるならば、やはり未成年のエリアスよりも成人している長男に見合いをさせた方がいいのではないか。

どれだけエリアスが優秀でも、未成年というだけで断る人間は多いだろう。レナだってその一人だ。

「お前は見た目くらいしかいいところがないから、せめてそれを活用しろと……」

「は？　……エリアス様の外見を武器にお見合いを成功させろということですか？　そんな身売りみたいな真似を？　十五歳の子どもに？」

「見合いの成功は特に拘《こだわ》ってはいないです。むしろ成功しない方がいいと言うか……可能な限り繰り返すのが望ましいみたいで……」

「資金援助《えんじょ》を目的としてのお見合いなのに？　それを繰り返す？　あの、今回は私に元々その気がなかったですし、何よりもエリアス様との年齢《ねんれい》差がありましたからご縁《えん》が、という話ですが……年の近い方であれば、即《そく》成立するくらいエリアス様は素敵《すてき》ですよ？　それなのに成功を望まないって一体どうして……」

何故《なにゆえ》に、とレナの脳内は疑問符《ぎもんふ》で埋《う》まる。

そんなレナをエリアスは眩《まばゆ》いものでも見るように目を細めて見つめ、やがて蕩《とろ》けるような笑《え》みを浮かべた。

「ありがとうございます……貴女は本当に素敵な方ですね。こうして話ができて……貴女のような大人の存在を知れただけで僕はとても嬉しいです」

「待って！　ちょっと待ってくださいエリアス様！　これ話を終わらせようとしてますよね？　ここまで聞いた上にそんな言い方されて、はいそうですかさようなら、なんてできるわけないでしょう、だから待って‼」

レナは必死に考える。相手は金を欲《ほっ》している。そのために見目麗《みめうるわ》しい少年を差し出した。しかし、そこに成功は求めていない。むしろ繰り返しを望んでいる。

不意に、とある考えが浮かんだ。それはあまりにもおぞましく、レナはそんな考えが浮かぶ自分にドン引きする。

だが、そんなレナの反応でエリアスは察したようだ。

いっそ清々《すがすが》しいとでも言わんばかりに微笑《ほほえ》んで、空恐《おそ》ろしい事実を突きつける。

「見合いという大義名分を掲《かか》げて身体を差し出す代わりに、対価として金銭を得るのが目的です」

「あああああ怖《こわ》っ!!　嘘でしょ怖い！　貴族怖すぎなんですけどおおっ!!」

「そんなわけで僕の方がよほどの不良債権なんです。でも良かった、貴女にそんな僕を押しつけることにならなくて」

ひいいいいい、とテーブルに突っ伏《ぷ》して悲鳴を上げるレナを前にしてもエリアスは紳士《しんし》であった。それがまたレナにとっては恐ろしいし、そしてあまりにも彼が辛すぎる。

「貴女の未来が良きものであるよう、心から祈《いの》っていますね」

「だから待って……待ってエリアス様……あの……もし、ここでお別れしたとなったら、その後エリアス様はどうな……るんです、か？」

どうなさるんですか、とはもう訊《き》けなかった。

義理とはいえ親とも評したくないほどの下衆に人生を握《にぎ》られている。彼らは一体エリアスを今後どうするつもりなのか。

「次の相手が見つかり次第《しだい》、そちらに行くことになるかと」

それは今度こそ、そういった目的を理解した上で了承《りょうしょう》する人間の元へ行くかもしれないという話だ。

つまりは身売りが成立してしまう。まだ十五歳の少年が、大人の犠牲《ぎせい》になってしまう。

「――駄目《だめ》でしょ！　駄目！　駄目ですよそんなの絶対に駄目!!」

ダン、とレナはテーブルを叩いて身を起こす。

「子どもが馬鹿で屑で下衆な大人の犠牲になるとか絶対に駄目です」

「ありがとうございます」

　エリアスは心の底から嬉しそうに笑う。

　だがそれは、窮状から救ってもらえるかもしれないという喜びではない。端《はな》からそんな考えは抱《いだ》いておらず、ただひたすらに、自分の境遇《きょうぐう》に対して否を唱えてくれる大人がちゃんといるのだと、その存在が知れただけで嬉しいという、そんなあまりにも些細《ささい》なものだ。

　確かにそうかもしれない、とレナも思う。今の話を聞いただけで、すぐにどうこうできるという話ではないだろう。普通《ふつう》であれば。

「エリアス様」

「僕のことは気にしないでください。話を聞いてもらえただけで僕は」

「妹さんももしかして同じような話になっているんですか？」

　その問いに初めてエリアスの表情が強張《こわば》った。それだけでもう答えているのと同じだ。

「……そうならないように、僕が」

「ああああああもうほんっっとうに駄目ええええええ!!　妹さんのためにエリアス様が犠牲になるのなんて駄目です！　それに、そんな屑共はどうせ後で妹さんにも同じことをさせるに決まってますし!!　二人揃《そろ》ってそんな……そんなの絶対駄目です!!」

それはレナに言われずともエリアスだって分かっている。分かっているが、どうしようもできないのだ。

そんな苛立《いらだ》ちが欠片《かけら》ではあるがエリアスの瞳《ひとみ》の奥に宿る。

「でも大人は誰《だれ》も助けてくれないじゃないか」

いっそう責め立ててくれればいいのに、しかしエリアスはそんな文句すら言わない。助けも求めない。それがいかに無駄《むだ》であるか、彼は短い人生の中で身を以《もっ》て知ってしまったのだ。

それが決定打となった。

レナは椅子《いす》が倒《たお》れる勢いで立ち上がり、そのままエリアスの元へ向かうとがしっと両《りょう》肩《かた》に手を置いた。

「私と結婚しましょうエリアス様‼」

「え――あ、いえ、ほんとうに僕のことは」

「妹さんも一緒に私と三人で！　結婚してください‼」

「……僕と妹が可哀相《かわいそう》だから？」

美しい顔が歪んでいるのは、憐憫《れんびん》はいらないと憤《いきどお》っているからか、それとも甘い期待は抱かせないでほしいという願いによるものなのか。レナには分からないが、問いに対しての答えは一つしかないのでそこは力強くエリアスへ返す。

「大人の責務だからです‼」

まさかそんな答えがくるとは思いも寄らなかったのか、エリアスはきょとんとしたまま固まる。

少し前からのレナの叫びを聞きつけたのか、それとも単にそろそろ時間になったからなのか。遠くの方から人影《ひとかげ》が近づいてくる。今回の見合いの仲人《なこうど》であるアネッテ伯爵夫人だ。

隣《となり》にいるもう一人の夫人はレナの知った相手ではなかったが、エリアスがビクリと肩を震《ふる》わせたのでおそらくは義理の母親、ザビーネなのだろう。

「あらあら、どうしたのレナ？」

「息子が何か無作法でも？」

やはりそうであった。

レナは勢いよく振り返ると挨拶《あいさつ》もそこそこにエリアスとの結婚の許可を求めた。


見合いの席のその場で求婚《きゅうこん》という、およそ一般的《いっぱんてき》にはありえない状況《じょうきょう》。そこにさらに家督《かとく》の問題もあった。

現在、義父《ぎふ》のマッテオが後見人《こうけんにん》としてアインツホルン伯爵家を取り仕切っているが、それはエリアスが成人するまでの話だ。来年になればエリアスが当主となる。

「由緒《ゆいしょ》正しい伯爵家の主としての立場をどうするつもりなの？」

「家督を放棄《ほうき》します」

ザビーネの問いにエリアスは一切の迷いを見せずに即答した。それが一番早い方法だとしても、あまりの迷いのなさにレナは思わずぎょっとなる。ザビーネも同じだ。

ここで、それまで傍観者《ぼうかんしゃ》的立場でいたアネッテ伯爵夫人が動いた。

「それがいいわ」

パン、と軽く手を叩いてエリアスを後押《あとお》しする。

「そうなるとカリンに移るわけだけれど、あの子はまだ幼いものね。エリアスと同じで、成人の頃に家督を継ぐか放棄するかを選ばせてあげたらいいんじゃないかしら？」

夫人のさらなるダメ押し。穏《おだ》やかな笑みを湛《たた》えつつも瞳には鋭《するど》い光が宿っている。有無を言わせぬその姿は、流石《さすが》の貴族である。

ザビーネは夫人の言葉に同意をしつつもやはりどこか不服そうだ。エリアスの家督の他に、レナが提案した二つが気に入らないようだ。

エリアスとの結婚は、今年一年は婚約期間とし、成人すると同時にレナの方に籍《せき》を入れること。その際、妹であるカリンも、籍は残すものの是非とも一緒に迎《むか》え入《い》れたいというこの二点だ。

そこでレナも己《おのれ》の持てる力を振るう。すなわち、支援だなんだとそれっぽい理由を掲《かか》げつつ、札束で殴《なぐ》りつければザビーネは満面の笑《え》みで了承した。見事なまでの下衆である。

この辺りでレナはようやく気がついた。こうなることを見越《みこ》して夫人は今回の場を用意したのだと。

掌《てのひら》の上で踊《おど》らされている。腹が立たないと言えば嘘になるが、夫人は夫人でどうにかしてこの兄妹《きょうだい》を助けたいと思っていたのだろう、きっと。


半日も経《た》たない間に怒濤《どとう》の展開である。

レナは元より、エリアスもいまだにどこか呆《ほう》けた様子でいるし、幼いカリンに至っては全く理解できていないようで、ひどく不安げにしている。無理もない。

見知らぬ場所、そして初めて会う人間。二人掛《が》けのソファに座った兄に、しっかりとしがみついている。

兄と同じく美しい顔立ちをしており、栗色《くりいろ》のふわふわと波打つ髪《かみ》がまるで人形のようだ。今でも充分《じゅうぶん》に可愛らしく美しいが、数年もすれば社交界で知らぬ者はいないほどになるだろう。兄と妹揃って周囲の人間を虜にすること間違いなし。

そんな二人を、口にするのもおぞましい境遇からギリギリで救い出すことができて本当に良かったと、レナは安堵《あんど》の息を吐く。

「色々と先行きが不安でしょうけど、ひとまず今日はもう休みましょうか」

できるだけ兄妹、特に幼いカリンを不安にさせないようにとレナは笑顔を見せる。

「でも、寝《ね》る前にこれだけははっきりお伝えしておきますね。私はエリアス様とカリン様を使用人にしたくてここへお連れしたわけではありません。なので、明日は私かメイドのヘルガが起こしにくるまでゆっくり寝ていてください。朝食の準備も、朝の掃除《そうじ》などもしなくていいですから！」

エリアスもカリンもきょとんとしたまま固まっている。言われている意味が理解できない、と。使用人として連れてきたわけではないと言うのなら、一体どんな目的で？　と不思議がる姿にレナの中で再び怒りの炎《ほのお》が噴《ふ》き上《あ》がる。

「部屋は二階の奥から二つ目です。隣は私の部屋なのでそこまで一緒に行きましょうね。夜中に喉《のど》が渇《かわ》いたり、お腹《なか》が空《す》いたり……後は、うん、なんでもいいです。とにかく、何かあったら遠慮《えんりょ》なく叩き起こしてください」

怒りの波動をどうにか抑え込み、レナは二人を寝室《しんしつ》へと促《うなが》した。

腹は立つし怒《おこ》りもするが、それは明日以降だ。今はとにかく、この兄妹を休ませてやりたい。

いまだ疑問は残るのだろうが、二人も疲《つか》れがあるのか素直にレナの言葉に従った。

寝室の前でもう一度「何かあってもなくても、起こして大丈夫ですからね」と伝えてやれば、エリアスは小さく頷いた。

そうしてそれぞれが部屋へと入ると、ほぼ同じタイミングで転がるように眠《ねむ》りに落ちた。


明けて翌日。通いのメイドであるヘルガが作ってくれた朝食はエリアスとカリンの胃《い》袋《ぶくろ》をガッツリと摑《つか》んだ。子どもを三人育て上げ、すでにゆったりとした生活を送るのも可能でありながら、ヘルガは今も元気に働いている。

朗《ほが》らかでふくよかな体型はカリンの警戒《けいかい》心を解くのにも一役買い、食後の一服をする頃には昨夜よりずっとリラックスしたようだ。

「レナさま」

カリンは声までも可愛らしい。

兄妹揃って美の神の贔屓《ひいき》がすごい、とレナはひとしきり感心する。

「レナと呼んでください、カリン」

「……レナ、は、おにいさまと結婚なさったの？」

「結婚しましょう、というお話をして、今は婚約期間ですね。来年、エリアス様が成人なさってから正式に結婚という流れになります」

カリンの瞳は不安に揺《ゆ》れていた。

レナとしては可能な限り少女の不安を取り去ってやりたい。そう思って「他に何か聞きたいことはありますか？」と尋《たず》ねてみれば、思わぬ答えが飛んできた。

「わたしはなにをしたらいいですか？」

「何を？　って、別に何も」

「おそうじはできます。お料理も、すこしなら……今日から一つずつおぼえていくので」

「よーしその辺りも含めてゆっくりお話ししましょうね。エリアス様もですよ」

労働力として搾取《さくしゅ》される前提で話を始めたカリンに、瞬間《しゅんかん》的にレナの怒りは爆発《ばくはつ》しかけたがどうにか耐《た》える。

声を荒らげてしまってはせっかく心を開き始めた幼い少女を怖がらせてしまう。カリンが怯えると、芋《いも》づる式にエリアスからの不信感も増すだけだ。

レナが怒りを通《とお》り越《こ》して殺意さえ抱きそうになっているのは、あくまで二人の実家に対してである。

絶対許さないからな、という心の中のリストにしっかりと名を刻み、しかしそんな思惑《おもわく》は隠してレナは二人に言い聞かせる。

「家のことは全部ヘルガがやってくれるので大丈夫です。男手が必要な時はその都度雇《やと》い入れますし、そもそもヘルガの夫であるルカがいるので、それもほぼ必要ありません」

大工仕事や大きな荷物の運搬《うんぱん》などはルカが力を貸してくれる。それでも足りない時にだけ、臨時に人を雇えば問題はない。

「じゃあ僕らは何をしたらいいんですか？」

エリアスもカリンも不思議そうにレナを見つめる。

彼らにこんな意識を根づかせた実家、とりあえず顔を把握《はあく》しているザビーネを心の中で罵倒してレナは荒ぶる気持ちを必死に宥《なだ》めた。

「お二人が、したいことをしてください」

カリンは言われた意味が分からないのかきょとんとしている。

エリアスは僅《わず》かに眉間《みけん》に皺《しわ》を寄せ、警戒するようにレナから視線をはずさない。

「エリアス様には昨日お伝えしましたけど、もう一度言いますね。私がエリアス様と結婚を決めたのはお二人が可哀相だから、というのはもちろんあります。ありますよそりゃ！」

初対面の人間に憐《あわ》れまれるのは不本意だろう。エリアスは昨日明らかにそういう反応を示した。

だが、彼らの境遇を聞いて悲しい気持ちにならずにはいられない。

「そんな子どもが目の前にいて、それをどうにかできる力を自分が持っていたら、その力を行使するのが大人の責任なんです——なんてもっともらしく言ってみますが、ぶっちゃけると単に私の寝覚《ねざ》めが悪いので手助けさせてください、っていう完全な自己満足です」

そう、可哀相だからだとか、子どもをみすみす不幸な環境《かんきょう》に置いておきたくないだとか、それらも決して嘘ではなく、紛《まが》うことなきレナの本心だ。が、しかし、一番は「寝覚めが悪い」これに尽《つ》きる。

「そう、私の自己保身だし偽善《ぎぜん》ですよ偽善。こんなこと言い出したら、じゃあ他にもたくさんいる不幸な子どもはどうするんだってなるでしょう？　できるならそりゃ助けたいですよ。でもさすがにそこまでの力は私にはありません。なので、せめて目の前にいる、どうにか手が届きそうな相手だけでも助けたいんです」

カリンはジッと話を聞いている。エリアスも同じだが、まだ納得《なっとく》がいかないのか険しい顔をしたままだ。

「私も田舎《いなか》にいた時にものすごく周囲に助けてもらいました。婚約破棄なんてとんだ醜聞に自分でとどめを刺《さ》したものだから本当にもう……基本的には針のむしろですよ。でもそんな私を助けてくれる家族に友人、そしてアネッテ様のようなごく一部の物好きな貴族の方に支えられて、今もこうして頑張《がんば》っていられるんです」

だから、とレナは幼い兄妹に訴《うった》える。

「私が受けた優《やさ》しさを、今度はお二人を通して返しているだけだと思ってください。それでもしお二人が大人になった時に、誰か助けを必要としている人が目の前にいたら、その時は私からの……恩というと本当にアレですが、優しさを返してくれたらいいなって」

なんだかものすごく気恥《きは》ずかしくなりレナは最後を笑って誤魔化《ごまか》す。

良さげなことを言っているつもりだが、あくまで「つもり」でしかない。ただただ、レナの自己満足なだけなのだ。

それでも二人、特にエリアスにはようやく納得してもらえたようだ。はい、と静かに、しかしはっきりと頷いてくれた。

「あ、でもだからといって、二人とも無理して何かを目指さなくてもいいですからね！　私もやりたいことをして、今があるので。だから、まずは自分のやりたいことを見つけましょう。そして素敵な未来を歩んでください。私はお二人が幸せになる姿を、一番近い特等席で拝見しますから」

美しい兄妹が目一杯《めいっぱい》幸せになる姿を間近で見るのだ。これはかなりのご褒美《ほうび》なのではなかろうか。

知らず笑みが浮かぶレナを前に、幼い兄妹は自分達なりに思案を巡《めぐ》らせる。やがてそれは一つの意志となり、兄妹の人生をかけての目標となる。

だが、レナがその中身を知るのはこれから六年後のことである。

第二章 兄妹と深まる交流

レナが兄妹《きょうだい》を引き取って十日余りが過ぎた。

家のことはしなくていい、二人がしたいことをしてほしい、と話をしたが、それが逆に兄妹を困惑《こんわく》させてしまい、自由な時間をどう過ごしたらいいのか分からないでいるようだ。

それはすなわち、実家で二人がどういった扱《あつか》いを受けてきたのかが推測でき、レナは怒《いか》りを堪《こら》えるのに必死だった。

可能な限りヘルガとルカが二人の相手をしてもくれるが、丸一日共に過ごすわけにはいかなかった。

レナも工房《こうぼう》での仕事をできるだけ自宅に持ち帰り、家にいるようにはしているが仕事中はどうしても二人に構う余裕《よゆう》がない。

そんな時は二人で部屋に引きこもり、エリアスがカリンに本を読み聞かせているようだ。

引き取ったもののその後が良くない、とレナは悩《なや》んでいた。

大人に対しての不信感も大いにある二人だ。それらを取り除き、安心して暮らせる環《かん》境《きょう》を整えてやりたいと心の底から思っているのに、二人——特にエリアスが立てた遠慮《えんりょ》という名の心の壁《かべ》を崩《くず》すことができない。

「ううん違《ちが》う、そもそも崩すっていうのが思い上がりなのよ」

エリアスの堅牢《けんろう》な心の壁は、彼がそうしなければ生きていけなかったからにすぎない。さらには幼い妹を守らねばならないのだから余計にだ。

それらの諸悪の根源は義家族なわけだが、そんな事情を知ったとしても助けなかったのなら他の大人も同罪である。

兄妹にとって、レナは救ってくれた相手ではあるけれども、だからといってすぐに信頼《しんらい》できるほどではまだないのだろう。話しかければ応えてはくれる、が、声をかけた瞬間《しゅんかん》カリンは一瞬《いっしゅん》怯《おび》えた素振《そぶ》りを見せるし、エリアスは常に言葉の裏を探《さぐ》ろうとしている。

今は助けてくれているけれど、それはいつまでなのか。いつ気が変わるのか。いつ、自分達を捨てるのか——。

大人だって裏切られた経験があればその傷はなかなか癒《い》えない。二人はあの年で、それも長年受けてきたのだから傷は深いはずだ。

「今は、少しでも近づくのを許してもらえるように頑張《がんば》るしかないわ」

カリンは時折笑顔《えがお》を見せてくれるようになった。

エリアスは食事の席で好物が出た時には遠慮がちとはいえおかわりをしてくれる。甘え、というにはあまりにも些細《ささい》なものではあるけれど、それでも。

焦《あせ》りは禁物である。まずは自分ができることを確実にこなしていくのが一番だ。

レナにできるのは、兄妹を守るために義両親を札束で殴《なぐ》り続ける――。

つまりはより多く稼《かせ》ぎをあげることであるからして、今日もまたレナは朝から仕事に励《はげ》むのだった。


その日は朝から天気が悪かった。重く鈍《にぶ》い色をした雲が厚く立ちこめており、レナはいつもより早めに仕事を切り上げて帰宅する。

途端《とたん》、滝《たき》のような雨が降り出した。さらには強風まで吹《ふ》き始め、さながら嵐《あらし》の如《ごと》くだ。

普段《ふだん》は自宅へ帰るヘルガとルカも、今日に限ってはこのまま泊《と》まる流れになった。

レナとしても二人が無事に帰宅できるか心配せずにすむのでほっとする。

早々に食事を摂《と》り、寝《ね》る準備もすませ、それぞれの寝室《しんしつ》に別れてしばらくすれば、遠くで雷鳴《らいめい》が響《ひび》き始めた。雨足は強くなり、窓には大粒《おおつぶ》の雨が音を立ててぶつかってくる。そこに雷《かみなり》とまでくれば、これはもう寝るしかないなと、ベッドの上で新しいデザイン画を描《か》くのをやめ、レナは枕元《まくらもと》のランプを消そうと手を伸《の》ばす。

ふと、小さな音が聞こえたのはその時だ。

一瞬聞き間違《まちが》えかと思った。それほどまでにか細い音。外の雨音と雷鳴に簡単にかき消される。

だが、レナの耳には確かに聞こえたのだ。怯える小さな少女の声が。

その声の主がカリンだと気付いた瞬間、レナは部屋を飛び出した。

隣接《りんせつ》する兄妹の部屋の扉《とびら》を叩《たた》いて声をかけるが返事は聞こえない。

勘違《かんちが》いならそれはそれで詫《わ》びればすむ話だとレナは勢いよく扉を開いた。

真っ暗な室内に響く小さな悲鳴。ガシャンと物の割れる音。ベッドの下にうずくまる小さな人影《ひとかげ》。

窓から鮮烈《せんれつ》な光が差し込み、次いでドォンという轟音《ごうおん》が響いた。

どうやら近くに落ちたらしい。だが、それよりもレナの意識は目の前の二人に向いたままだった。

「——ごめんなさい」

雷鳴にかき消されながら、泣きじゃくるカリンの口から絞《しぼ》り出《だ》されたその言葉に、レナは胃の底から凍《こお》りついたかのように動けなくなった。

❀ ❀ ❀

「ごめんなさい……ごめんなさい」

「カリン大丈夫《だいじょうぶ》。大丈夫だよ」

小さなカリンをしっかりと抱《だ》きしめながらエリアスが優《やさ》しくその背を撫《な》でる。

「……すみませんレナ、カリンはその……雷が苦手なものですから」

「え……ええ、それは仕方がないです、誰《だれ》だって大きな音がしたら」

怖《こわ》いに決まっている。けれど、本当にそれだけなのかと疑問に思うくらいに、カリンの怯え方は異常だった。そもそも「ごめんなさい」と謝っているその意味は？　とレナは知らず胃の辺りに手をやる。

またしても雷鳴が轟《とどろ》く。その光と音にカリンはますますエリアスにしがみつき、エリアスもまた必死にカリンを抱きしめた。

そんな兄妹の周囲がキラキラと輝《かがや》いており、ああ美しい兄妹愛、と思わず呆《ほう》けたレナであるが即座《そくざ》に頭を横に振《ふ》る。

そんな暢気《のんき》な光景ではない。兄妹の周囲に散っているのは砕《くだ》けたコップの破片《はへん》だ。

レナが近づけばカリンは泣き叫ぶ。

「ごめんなさい、おとうさまごめんなさい！　わたしが壊《こわ》してしまったの、だからおにいさまを」

「カリン！　僕は大丈夫だから‼　すみませんレナ、コップを落として割ってしまいました。弁償《べんしょう》は必ずするので」

「わたしが落としたの！　壊したのはわたしなの！」

「落ちないようにもっと遠くに置いておかなかった僕が悪いんです！」

「おにいさまを怒《おこ》らないで！　おとうさまお願い──」

レナは肩掛《かたか》けをはずしカリンの頭をすっぽりと包み込んだ。そしてエリアスごと二人を抱きしめる。

「大きな音がしてびっくりしましたねカリン。もう大丈夫、こうしていれば聞こえないでしょう？　ほら、少しだけ音が小さくなった」

いまだに轟音ではあるけれど、真上付近は通過しつつあるのか徐々《じょじょ》に遠のいていく。

「……ごめんなさいおとうさま……おかあさま……ごめんなさい」

「どうしてカリンが謝るんです？」

「コップを……割ってしまったの……」

「レナはそんなことでは怒りませんよ」

あえて軽《かろ》やかな口調でそう言えば、少しだけカリンの体の震《ふる》えが止まる。

「レナ……？」

「そう、ここにいるのはレナとカリンのお兄様のエリアス様です。カリンのことが大好きな二人しかいません」

カリンがおずおずと顔を上げる。

涙《なみだ》でぐしゃぐしゃになった顔を袖口《そでぐち》で拭《ぬぐ》ってやれば、新たに涙が零《こぼ》れ落ちた。

「でも……コップ……」

「コップは落ちれば割れるものです。それより破片で怪我《けが》はしていない？　どこか痛かったりは？」

レナの問いにカリンは静かに首を横に振る。エリアスも同じくだ。

「なら良かった。でもこのままだと危ないので、今日は私のベッドで一緒《いっしょ》に寝ましょう！」

え、と固まる兄妹にレナは殊更《ことさら》なんでもない風に言葉を続ける。

「ベッドの上に破片が散っていたら危ないでしょう？　だから今晩だけ私のベッドで我慢《がまん》してください。大丈夫、寝相《ねぞう》が悪いので私のベッドは広いんです！」

寝相が悪いのに安心とはこれいかに、と自分自身に突《つ》っ込みを入れそうになるが、それには蓋《ふた》をしてレナは兄妹をゆっくりと立ち上がらせる。

カリンはエリアスにしがみついたままだが、立つのを促《うなが》すレナに抵抗《ていこう》はしなかった。

カリンを真ん中にしてベッドの上に横になる。

相変わらずカリンはエリアスにぴったりとくっついているが、片方の手はしっかりとレナの指を摑《つか》んで離《はな》さない。

そんなカリンの頭を撫でながら、レナはひたすらカリンとエリアスを褒《ほ》め称《たた》えた。

「雷が怖いのに、頑張って堪えていてカリンは偉《えら》いですね！」

「……わたし、こらえてない……」

「いいえ、ものすごく耐《た》えていましたよ。私がカリンくらいの時なんて、雷に負けないくらいに大泣きして暴れていましたからね。だからカリンは偉いんです」

「それは……おにいさまがぎゅってしてくれるから」

「そう！　エリアス様も偉いです。雷の大きな音なんて誰だってびっくりするし怖いのに、カリンをずっと抱きしめてくれていたんでしょう？　その辺の大人だってできませんよ、そんなこと。うん、二人とも偉い、偉すぎますね」

我ながら下手くそかと思いつつ、それでもレナは二人を褒め続けた。

エリアスはどうやらレナがカリンを落ち着かせようと、そしてなんとかしてカリンに自信をつけさせようとしているのを察したらしく、微妙《びみょう》な笑《え》みを浮《う》かべている。

それでも、その瞳《ひとみ》には不信感ではなく微《かす》かながらに喜色が交じっていることに、レナは内心ほっとした。

やがて、カリンはレナの腕《うで》ごと胸元《むなもと》に抱き込むように引き寄せ、そのまま小さな寝息《ねいき》を立て始めた。

必然的にエリアスと向き合う形になってしまう。カリンを安心させるためとはいえ、年頃《としごろ》の少年と同衾《どうきん》している状況《じょうきょう》に今更《いまさら》気付き、レナは気まずくて堪《たま》らなくなる。

「……ありがとうございます」

もう少ししたら自分はソファに移動しよう、と考えていたレナの耳にエリアスの小さな声が届く。

その感謝の言葉は、一体どれに対するものなのか。

コップを割ったことを怒らなかったからなのか、あるいは泣いて怯えるカリンを優しく慰《なぐさ》めたからなのか、それとも——兄妹の異常ともいえる様子を前にして、問いたださなかったからなのか。

全て正解かもしれないし、不正解かもしれない。だがレナにはどちらでも良かった。

二人がこれまで置かれた状況を知りたくないわけではないけれど、いやむしろ、これから保護者として接していくからには知っておくのが正解だろう。

けれど、それは「今」ではないのは確かだ。今はただ、兄妹が少しでもレナを信頼してくれて、そしてとにかく安心して眠《ねむ》ることのできる場を用意してやるのが一番だ。

「ベッド、狭《せま》くないですか？　眠れそうです？」

なんと声をかけていいのか分からず、ついそんなどうでもいい言葉が出てしまう。

仮にも商売人なのに口下手がすぎる。さらには大人なのに、と軽く自己嫌悪《けんお》すら抱きそうになるレナに、エリアスは微かながらに笑みを浮かべた。

「いいえ、広くて暖かくて……ゆっくり眠れそうです」

ありがとうございます、ともう一度呟《つぶや》くエリアスは笑ったままだ。それなのに、どうしてもその顔が泣いているように見えてしまいレナの心臓がきつく痛む。

嬉《うれ》し泣《な》き――こんな、穏《おだ》やかな一夜を過ごすだけで涙を流すほど喜ぶとは、一体彼らはどんな仕打ちをあの家で受けていたのか。

腹の奥底から湧《わ》き上《あ》がる怒りにレナは叫《さけ》びたくて堪らない。だが、そうすればせっかく眠っているカリンが起きてしまうし、今にも夢の世界へ旅立ちそうなエリアスの邪魔《じゃま》をしてしまう。

そもそもレナに怒る資格などないのだ。

だからレナはゆっくりと息を吐《は》く。そうしてエリアスと同じように笑みを浮かべ、眠りの挨拶《あいさつ》を口にした。

「それは良かったですエリアス様。おやすみなさい――いい夢を」


この日を境に兄妹の様子に変化が見られ始めた。

早い話が、カリンがレナに懐《なつ》くようになったのだ。「おねえさま」と呼んではレナにおずおずと抱きついてくる。これを可愛《かわい》がらずにいられようか。

レナはこれまで以上にカリンを可愛がった。ヘルガとルカも同じく。

それは当然エリアスにも向くが、こちらはまだ若干《じゃっかん》の距離《きょり》がある。

レナは無理やり詰め寄る真似《まね》はせず、ただ少しだけ縮まった距離を喜ぶことにした。

しかし、カリンが懐いてくれればその分だけどうしてもレナの中に抑《おさ》えきれない欲が湧いてくる。これはまだ早いだろうか……いやでもせっかくだからと、レナはエリアスとカリン本人にお伺《うかが》いを立てる。

「……カリンをモデルにして、ドレスを作ってもいいでしょうか……」

深刻な顔をして、重苦しい空気の中まさかそんなことを言われるとは夢にも思っていなかったのだろう、エリアスとカリンはきょとんとしたまましばし固まる。

ややあって、カリンが首をコテンと傾《かし》げた。

「おねえさまが、わたしにドレスを作ってくださるの？」

レナは神妙《しんみょう》に頷《うなず》く。

「どうしても……カリンを……着飾《きかざ》らせたくて！」

「レナ」

「だってこんなにも可愛くて愛くるしいんですよ！　今着ている服だってそりゃあカリン

には似合ってますけど！　私が選んだ服ですから！　でも、これはあくまで急いで用意した既製品《きせい》であって、カリンの魅力《みりょく》を引き出しきれていない……いえ既製品にもかかわらずこれだけの魅力を撒《ま》き散《ち》らしているのはカリンですが！　私ならもっと！　カリンに似合う服を用意できるのにって!!」

「レナ」

二度目の呼びかけにレナは我に返った。

完全に危ない人種の発言であったと気付いた時にはもう遅《おそ》い。やってしまったと慌《あわ》てて前を見れば、瞳を輝かせてレナを見つめるカリンと、そんなカリンの髪《かみ》を撫でてやりながら苦笑《くしょう》を浮かべるエリアスがいた。

「ありがとうございますレナ。貴女《あなた》ならきっとカリンに似合うドレスを作ってくれると僕も思います」

「おねえさまのドレスをわたしが着てもいいの？」

「良かったねカリン。きっと素敵《すてき》なドレスを作ってくれるよ」

「……うれしい。ありがとうおねえさま！」

天使の如き兄妹の満面の笑みを真正面から食らい、レナは危《あや》うく昇天《しょうてん》しかけたが全力でこの世に踏《ふ》みとどまり、そこから了承《りょうしょう》を得たのだからとこれまで手がけていなかった子ども服のデザインに前のめりで挑《いど》むことにした。

とはいえ、これは完全にレナの趣味《しゅみ》である。

最高のモデルが家の中に存在する。そこで湧き上がる創作意欲を、ただ形にしたいという職人魂《だましい》。

カリンのためだけに作り、それを商品にするつもりは毛頭なかった。

だが、久方ぶりにレナの工房をアネッテ夫人が訪《おとず》れた時にそれは一変する。

「素敵……素敵だわ！　なんて可愛らしいの！　ああ、うちの孫にも是非《ぜひ》着せたい!!」

何しろカリンは見た目が天使のように可愛らしくも美しい。

そんなカリンに似合うというか、レナが単純に着せたいと思った——レースをふんだんに使い、スカートも綿菓子《がし》のように広がったドレスが夫人の心を打《う》ち抜《ぬ》いたのだ。

「ねえレナ、今度カリンと一緒にわたくしのお茶会にいらっしゃい。大丈夫、わたくしと本当に仲のいいお友達しか招待しないわ。だから、ね、是非この可愛らしい妹さんと二人でいらして」

最終的にはエリアスも是非一緒に、と誘《さそ》われては断るわけにもいかず、レナは初めて三人で出かけることにした。当然エリアスの外出着も急いでレナが仕立てた。

アネッテ夫人が「本当に仲のいいお友達」しか招待していないのもあって、茶会に参加したご夫人方は終始レナ達に礼儀《れいぎ》をもって接してくれた。

ただ、そんな中でもレナの作った服を身に纏《まと》ったエリアスとカリンの人気は凄《すさ》まじかった。カリンに至っては黄色い声が上がるほどだ。

「なんて可愛らしいのかしら……とっても似合っていてよ」

「まるで天使みたいだわ……だなんて陳腐《ちんぷ》な台詞《せりふ》しか出てこないのが悔《くや》しいわ」

「ご兄妹揃《そろ》うと絵画のようね！　今度一番下の息子《むすこ》が社交界にデビューするのだけれど、貴女のところにお願いしてもいいかしら？」

「わたくしのところは娘《むすめ》がデビューするの。カリンさんより少し年が上だけれど、どうかうちの娘にもこんな素敵なドレスを作っていただけない？」

レナとしては「うちの子可愛いんですよ見てくださいな、ほら!!」という心理でしかなかったのだから驚《おどろ》きである。

いやあうちの子やっぱり最高だった、と思いつつも、突然《とつぜん》ある種の見世物になってしまったカリンは大丈夫だろうかと心配にもなってしまう。

チラリと様子を窺《うかが》えば、カリンは恥《は》ずかしそうにもじもじしてはいるがそこに嫌悪感はなさそうだ。兄の後ろに少しだけ隠《かく》れつつ、それでも褒めてもらえたことに「ありがとうございます」と礼を述べている。

「おねえさまが……わたしのためにって作ってくださったの。だから、ほめてくださって、とってもうれしいです」

はにかむ天使の笑みである。この日一番の黄色い悲鳴が上がったのは言うまでもない。

こうして思わぬところからレナの工房の人気はさらに高まった。

カリンのためにと作って着せたドレスは常に人気となり、次から次へと注文が入る。喜ばしいが人手が足りない。

しかしそこは裕福《ゆうふく》な貴族が相手である。

人手が足りずに自分の注文が遅《おく》れるくらいならばと、資金提供を申し出る家がこれまた次から次へと現れたのだ。

ひえ、と純粋《じゅんすい》に悲鳴が漏《も》れる。

ありがたく思うより先に、裏があるのではないかと勘《かん》ぐってしまうのは庶民《しょみん》の防衛本能だ。うっかり飛びついて、工房の権利から何から巻き上げられては堪らない。

しかし、名乗り出る家に対しては不思議とエリアスの意見が効果を発揮した。

「こちらの方の話は受けてもいいんじゃないでしょうか」

あまりに悩むレナを見かねての発言だった。

彼の勧《すす》めに乗ればトントン拍子《びょうし》に話は進むし、どれもレナにとっては好条件、最終的には融資《ゆうし》とは名ばかりのほとんど寄付に近い案件ばかりを引き当てたのだ。

逆にエリアスが「こちらは……どうかなと思います」と難色を示す相手は断っていく。

すると目に見えて悪態をつかれたり、その後悪評を耳にしたりと、関わりを絶って良かったという結果が続く。

「すごいですねエリアス様……」

「短い期間でしたが、あの家で得た知識が役に立ちました」

そうしてカリンはすっかりレナのドレス工房の生ける看板となった。

エリアスは時折カリンと共にご夫人方の茶会や夜会へ参加する時もあるが、基本はレナの工房で貴族とのやり取りや、最近は経理の仕事まで覚えようとしており、毎日遅くまで勉強に励んでいる。

これまで全く関わりのなかった商売の道である。

「エリアス様、無理はしないでくださいね。おかげさまで工房の人手は充分《じゅうぶん》足りていますから大丈夫ですよ？」

無理をして工房の手伝いをする必要はない。もっと他に、やりたいことを見つけてほしいとレナが言えば、エリアスは「今はこれが一番やりたいことですから」と笑って答える。

嘘《うそ》ではないのは分かる。彼の一番の望みが、レナの手伝いだというのはとてもありがたい。けれど、そうではないのだ。

レナはエリアスにはもっと自由に生きてほしいだけなのだ。

「それに無理もしていませんから」

「ええええ……でもこの前、ソファでぐっすり眠っていたじゃないですか」

それはとある休みの日だった。昼食の時間になっても姿を見せないエリアスに、レナはカリンに先に食べるよう声をかけて彼を呼びに行った。

扉を叩いても返事はなく、不在なのかと思いながらそっと覗けばそこにいたのはソファでぐっすり眠っているエリアスだった。

エリアス様、と呼んでも微動《びどう》だにしない。それどころかなんとも健《すこ》やかな寝息を立てており、これは日頃《ひごろ》の疲《つか》れもあって熟睡《じゅくすい》しているのだなとレナは苦笑した。

せっかく気持ち良さそうに寝ているのだから邪魔をするのは忍《しの》びない。かといってこのままでは風邪《かぜ》を引いてしまう。ベッドの上には、あの雷雨《らいう》以降カリンが眠る時にくるまっているレナの肩掛けがあった。

それをエリアスの体にかけ、レナはそっと部屋を出ようとした。

ドスン、と鈍い音が上がったのはその時だ。

驚いて振り返れば、エリアスが両目を大きく開いて固まっている。

「エリアス様⁉　大丈夫ですか？」

「え……っ、あ、はい……大丈夫、です……」

思わず手を差し出せば、エリアスはしばし戸惑《とまど》った後、レナの手を掴んで体を起こす。

「エリアス様？」

レナの手を握《にぎ》ったままのエリアスに、まだ寝ぼけているのだろうかと不思議に見やれば、徐々にエリアスの頬《ほお》が赤く染まっていった。

「……いつから、レナはここに？」

「今、今ですよ。お昼の時間なので呼びにきたらエリアス様が寝ていたので、風邪でも引いたら大変だなって思ってですね」

気を抜けばレナの顔も赤くなりそうで、それは大人としていかがなものかと努めて冷静なフリをする。

「すみません……それと、ありがとうございます」

およそ初めて見るほどにエリアスの顔は真っ赤だった。

そんなにソファから落ちたのが恥ずかしいのかとか、いやでも年頃だもんねしょうがない、とレナもその頃《ころ》の自分を思い出して身悶《みもだ》えそうになった。

この話題になると途端にエリアスはそっぽを向く。人に対する態度としてはいただけないものだが、レナにとっては喜ばしいことでしかない。

随分《ずいぶん》と心を開くようになっていても、どうしても最後の一線だけは引き続けていたエリアスが、あの日以降素直《すなお》に感情を見せるようになったのだ。

完全に気を許してくれた、とまでは思わない。

ただ、彼と彼の大切な妹が安心して暮らしていける場所で、それを提供してくれる大人がいるのだと認めてもらえたような気がした。

だからこそ本当に、彼には心のままに生きてほしいと願っている。

レナの役に立とうとしてくれるエリアスの気持ちはとても嬉しい。

だが、それと同じくらいレナにとっては悩ましい問題でもある。それに頭を抱《かか》え出した頃、さらなる頭痛の種がレナを襲《おそ》う。

兄妹の実家、とすら口にしたくないあの家が、レナへ金を無心するようになったのだ。

第三章 兄妹からの恩返し、スタート

はあ、とレナが重いため息をつけば、ヘルガもまた忌々《いまいま》しげに息を吐く。

夜も遅《おそ》い時間帯に、二人揃《そろ》ってため息とはなんとも重苦しい空気でしかないが、その原因はテーブルに置かれた手紙だった。

「まさに厚顔無恥《こうがんむち》とはこのことですね！」

「久々にどの面《つら》ぁ！　って声が出たわ」

前に出たのはいつだったか。今となっては顔もおぼろげな元婚約者殿《こんやくしゃどの》が実家から勘当《かんどう》されそうになったからと助けを求めに来た時かもしれない。遠い過去の記憶《きおく》が蘇《よみがえ》るほどに、現状も腹立たしいことこの上ない。

「カリンお嬢様《じょうさま》の実家……とも言いたくありませんね！　あのくそお屋敷《やしき》の部屋の修繕《しゅうぜん》費に、お嬢様の誕生祝いのドレス代、それに伴《ともな》う宝石まで……ってこれをどうして奥様に負担させるんです!?　おまけになんですかこの——旦那《だんな》様の婚礼衣装《こんれいいしょう》の費用って！」

今年エリアスは十六歳になる。誕生日を迎《むか》えるその日に、レナと籍《せき》を入れる予定だ。それだからか、最近のヘルガはエリアスを『旦那様』と呼ぶようになった。

「結婚《けっこん》するって物入りよねえ」

「奥様」

「やめてよヘルガ、奥様ってガラじゃないわ」

エリアスが旦那様であれば、当然レナは『奥様』だ。これがどうにも慣れなくて、レナは呼ばれるたびにもぞもぞとしてしまう。

「奥様は奥様でしょう。もうすぐ旦那様と正式にご結婚なさいますし」

「……そうだけど」

「それにもうお嬢様、はカリン様がいらっしゃいますからね」

「そうだけどぉ！」

「今から慣れていきましょう。奥様もいつまでエリアス様、と呼んでいるんですか。家の中ならまだしも、外ではきちんとお呼びするんですよ？」

「分かってるわよ、それより話を戻《もど》しましょう」

レナだっていつまでも『様』をつけて呼ぶわけにはいかないと理解している。ただの癖《くせ》ではあるけれど、それと同時に「いつか別れる相手だから」とあえてそう呼んでいるのだ。

ヘルガはこの結婚についての真相を知っている数少ない人物だ。だからその辺りの繊細《せんさい》な心理をですね、と思わなくもないがヘルガは「まだるっこしい」と切り捨てて相手にしてくれない。

「毎月分と、年に二回の大きな逆仕送り。これだって意味が分からない状態ですよ？　なのにさらに金をたかるだなんて、本当にあの連中は貴族なんですか⁉　その辺のごろつき共と変わりませんよ、こんなの！」

ヘルガの彼らに対する心証は最悪であるからして、言葉も辛辣《しんらつ》になるしガラも悪くなる。

「権力持たないだけごろつきの方がマシよねー」

同じ庶民《しょみん》同士ならば、レナとしては負ける気は欠片《かけら》もない。

人脈はおかげさまでそれなりにあるし、それを活《い》かすだけの資金も潤沢《じゅんたく》だ。だが、相手が貴族であればそうもいかない。

どれだけ人脈を駆使《くし》し、資金をつぎ込んだところで彼らが「貴族でございい」と権力を振《ふ》りかざせば庶民など簡単に潰《つぶ》されてしまうのだ。

今のレナの立場であれば、簡単に潰されはしないかもしれないが、一番守りたい存在である兄妹《きょうだい》を奪《うば》われてしまう。

婚約をしているがエリアスは未成年、カリンも同じくそうだ。

親権は彼らにある以上、貴族どうこうを抜《ぬ》きにしてもレナに勝ち目はなかった。

下手な抵抗《ていこう》ないし反撃《はんげき》は、兄妹を窮地《きゅうち》に追いやるだけだ。ただ粛々《しゅくしゅく》と、彼らの要求に応えるしかない。

「カリンが広告塔《こうこくとう》になってくれたおかげで子ども服の売れ行きは好調だし、エリアス様の目利《めき》きで投資も大成功したから、その分をあのくそやろ……げす……くず……義両親に渡《わた》しましょう」

「あの鉱山ですか？」

「そう、あの山。どこからかその話を聞いたんじゃないかしら？　だからこうしてせびってきたのよきっと」

ちょっとした投資のつもりでエリアスに相談しながら購入《こうにゅう》した鉱山の一つが大当たり。貴重な宝石が見つかり、レナの財産は一気に膨《ふく》れ上《あ》がった。

エリアスはたまたま当たっただけだと口にするが、融資《ゆうし》を受ける際に発揮した先見の明と同じく、投資先まで彼の助言は的中したのだ。

「カリンがもたらしてくれた利益を元に、エリアス様に選んでもらって購入した山の財産ですからね！　これはお二人のために貯蓄《ちょちく》しますよ‼」

すでにその名目で銀行にいつくか口座がある。

それを兄妹に突《つ》っ込まれてもレナは「それはそれです」と嬉々《きき》として新たに口座を作ろうとしていた。

兄妹を幸せにするのが自分の幸せであり、それは何も金銭だけの話ではないが、あるにこしたことはないのだ。

二人のやりたいことが見つかった時、金銭面が理由で諦《あきら》めずにすむようにしたい。

成人の門出《かどで》や、結婚式《けっこんしき》に至っては国中で一番華《はな》やかなものにして送り出してやりたい。そうやって喜んでいた矢先のコレである。

「ほんっっっとうに腹立つわぁ……」

さらに腹が立つのは、義両親はある意味タカリの玄人《プロ》であった。レナがもう無理だとならないギリギリ、の、さらに少しばかり下の額を要求してくるのだ。限界までむしればそれだけ自分達の益も減ると理解しているから、搾《しぼ》り取《と》れるまで搾り取る算段なのが本当に悪辣《あくらつ》すぎる。

「今回の鉱山の収入はある意味臨時のものだもの。正直これが全くなくなっても私にはなんの損害もないからね」

「だからその臨時収入を丸々得ようというその魂胆《こんたん》が……下衆《げす》の極《きわ》みじゃないですか」

「……その下衆相手に札束で殴《なぐ》りつけてる私もある意味同類だと思うけど」

レナだって端《はた》から見れば年若い少年を金で買った成金《なりきん》の成人女性だ。字面《じづら》的にはこちらの方がひどいと思う。

「それは違《ちが》いますよ、奥様」

ぴしゃりとヘルガが言う。そうね、とレナも頷《うなず》いた。自分が卑屈《ひくつ》な考えになれば、それはそのままエリアスの身に降りかかる。

「奥様はご自分の力であの屑共を殴りつけているだけです」

「あ、殴ってるのは同意なんだ」

庶民のレナにとって貴族とやり合うにはこれしか方法が浮《う》かばなかった。そしてその道具、すなわち殴りつけている札束はレナが必死に働いて稼《かせ》いだものであり、それはレナの力に他ならない。

「そうよ、これは私の私による私のための戦いだから、使える道具は全部使うわよ。ってことでヘルガ、明日ルカと一緒《いっしょ》に鉱山譲渡《じょうと》のための手続きに行くから、家のことお願いね」

「もちろんですとも。お気をつけてお出かけくださいませ、奥様。最近は色々と物騒《ぶっそう》ですし、あのド屑共が何かしてこないとも限りませんから」

「ヘルガは心配のしすぎだと思うけど……そうね、万が一の時は私の必殺、逆関節をキメてやるわ」

実家にいた頃《ころ》、何かと相手をしてくれた周囲の大人はなぜか力自慢《じまん》が多かった。血の気も多く、気性《きしょう》は荒《あら》いが子どもには優《やさ》しい彼らにレナは可愛《かわい》がられて育った。

そんな彼らから教わった護身術は今でもレナの身についている。

だが今なら分かる、教わったものはどれも物騒なものが多かった。なんだ逆関節って、と突っ込みを入れてしまうが、悲しいかな一番に習得できたのもその技《わざ》なのだ。

「とにかく用心してください」

「はあい」

気付けば随分《ずいぶん》と時間が過ぎていた。さすがに寝《ね》なければ朝がきつい。

「もう今日は遅いから、ヘルガも泊まっていってね」

レナとヘルガはこれで話を終わらせると、それぞれの寝室《しんしつ》へと向かった。

🎀　🎀　🎀

エリアスが成人となる十六歳の誕生日を迎えてすぐに、レナとエリアスは籍を入れた。

これでアインツホルン家からエリアスに関して口出しをされる心配はひとまず消えた。

カリンに対しての懸念《けねん》は残るが、レナはそれらを札束で殴り続けて黙《だま》らせている。先の鉱山の権利を渡したのが功を奏したのか、今のところ問題は起きていない。

そしてこの時にレナはエリアスとカリンに一つの考えを告げる。

「これでようやく私とエリアス様は夫婦《ふうふ》となったわけですが、これもいつか解消します。結婚はあくまでエリアス様とカリンをあの下衆共から遠ざけるための手段ですから。なので、エリアス様は遠慮《えんりょ》なくたくさんの恋《こい》をしてください。そして本当に好きな人を見つけて、その人と幸せになってくれたら、私はそれが一番嬉《うれ》しいです」

これはカリンについても同じだ。

「レナ、僕とカリンからも一ついいでしょうか？」

「なんですか？　なんでも言ってください！」

共に過ごし始めておよそ一年。これまでエリアスが何か要望を口にしたことはない。レナは気持ち的には前のめりの体勢で続きを待つ。

「レナは以前、僕達にやりたいことを見つけてほしいと言ってくれましたよね？　それが見つかったんです」

「わ！　それは素敵《すてき》ですね！　え、詳《くわ》しく聞いてもいいやつですかこれ⁉」

「それはまだ内緒《ないしょ》。おにいさまとわたしの秘密なの」

「ええ〜、カリンったらいじわる〜」

口ではそう言いつつ自分の顔がだらしないくらい緩《ゆる》んでいる自覚がある。

常に何かに怯《おび》え、自己肯定《こうてい》感の低かった少女はレナとヘルガ・ルカ夫婦の褒《ほ》めて称《たた》えて、また褒めて、という教育方針によりすっかり自信に満ちあふれた明るい少女へ変貌《へんぼう》した。

実際カリンはレナ達が褒め称えることばかりするのだから、これは純然たる結果でもあるのだが。

あの暗く沈《しず》んでいたカリンが、こんな笑顔《えがお》で軽口を言ってくれるまでになった、とだんだんと感情が高ぶって涙《なみだ》まで出そうになった。

そんなレナの姿に気付くと、エリアスは少しばかりの呆《あき》れと困惑《こんわく》の交じった笑顔で黙って受け流す。まさに今のように。

「それで、そのやりたいことのために、僕は騎士《きし》を目指したいと考えています」

「騎士！」

思わずレナは大きな声を出してしまった。それほどまでに意外だったのだ。

どちらかといえばエリアスは華奢《きゃしゃ》な身体《からだ》つきをしているし、気性だって荒事《あらごと》に向いているとは思えない。いや、騎士服はとても似合うだろうけれども、騎士が見た目の華やかさだけではないのは子どもだって知っている。

「小さな頃からの憧《あこが》れだったんです……家のことで一度は諦めていたんですが、レナのおかげでもう一度夢を叶《かな》えたいと、そう思えるようになりました」

「素敵です素晴《すば》らしいです是非《ぜひ》挑戦《ちょうせん》しましょう！　その夢、叶えましょう！」

諦め去った夢をもう一度など、それはもう食い気味で応援《おうえん》するしかない。

「たしか、騎士になるには長期間の訓練が必要でしたよね？　その間は王城近くの隊舎で生活するとか？」

「はい、なので、しばらくはお別れになります」

「大丈夫《だいじょうぶ》よ、おにいさま。おねえさまはわたしにまかせて」

あ、任されるのは私の方なんだ、とレナは小さく笑う。すっかりおませな性格になったカリンが可愛くて仕方がない。

そんなカリンは、勉強がしたいのだとレナに告げる。

「わたしはなにも知らないの。前のお家《うち》では外に出られなくて、ずっと部屋の中にいたから、お茶会の作法も知らないし、ええと……世間のこと？　も知らないわ。だから、とにかくたくさん勉強して、おねえさまの役にたって、恩返しが」

あっ、と小さな声を上げてカリンは両手で口を塞《ふさ》ぐ。チラリと視線を横に向ければ、苦《く》笑《しょう》を浮かべたエリアスが妹を見つめている。ああやはり、とレナも苦笑した。

「そういうことは考えなくていいと何度も言ってますよね？」

気持ちはとても嬉しい。だが、レナは恩返しがしてほしくて二人を保護したわけではないのだ。

「大人としての責任なんです。それと私の自己満足。だから二人が私に恩を着せることはあっても、返す必要なんてないんですよ」

それに、とレナは続ける。

「恩返しならもう充分《じゅうぶん》にしてもらっています」

カリンのおかげで子ども服を手がけるようになった。それが好評で工房《こうぼう》は王都では知らぬ者はいないほど成長し、それらにより増えた財産は、エリアスの目利きでさらに多くなった。

「二人が気にしているだろう金銭面においては、むしろおつりがくる勢いですでに返してもらっています」

そして、それ以上に二人の存在がレナの日々の活力となっている。

これまでだって無為《むい》に過ごしていたわけではないけれど、それでも二人と出会う前と後とでは、気持ちの充足感《じゅうそく》が桁違《けたちが》いだった。

「家に帰ってきて、二人が出迎《でむか》えてくれるだけで一日の疲《つか》れが吹《ふ》き飛《と》ぶし、明日も頑張《がんば》って働いて稼ぐわよ‼　と気力が満ちあふれますからね！　そういった意味でもすでに恩返しは終了《しゅうりょう》しています。完済です。だから、どうか二人は自由に生きてください」

我ながらいいことを言った……などと少しでも思ったのがまずかったのか、ここでレナは会心の一撃《いちげき》を食らってしまう。

「おねえさまは、わたしとおにいさまの、自由な気持ちからの恩返しをしたいという願いを、しばってしまうの？」

それは不要なものであると縛《しば》りつけ、捨ててしまうのか。

悲しげな表情でカリンが見つめてくる。

可愛いカリンの憂《うれ》い顔と懇願《こんがん》する声になど、レナに抵抗できるわけがない。

あえなく撃沈《げきちん》してしまう己《おのれ》の不甲斐《ふがい》なさに項垂《うなだ》れるが、俯《うつむ》く寸前に兄妹が嬉しそうに互《たが》いの掌《てのひら》を重ね合わせていたのは見間違《みまち》いだと思いたい。

「すみませんレナ。貴女《あなた》が僕らからの恩返しを望んでいないのは理解しています。その気持ちに感謝だって……でも、貴女が僕達にそれだけの想《おも》いを向けてくれているのと同じくらい、僕らも貴女に……ただ感謝と喜びを伝えたいんです。申し訳ないですけど、子どものわがままだと思って受け取ってください」

「……分かりました、二人の気持ちとしてありがたく受け取ります。でも、これだけは覚えていてください。私に対する恩返しといってくれるのなら、それは二人が幸せになること以外にありません。だから、どうか無理だけはしないでくださいね」

はい、とエリアスとカリンは頷く。

「そもそも、僕らのやりたいことが貴女への恩返しの延長線上にあるんです。だから、無理はしませんけど、その夢を叶えるための努力は惜《お》しみません」

「ええ、それなら私はそんな二人の夢を応援します」

こうしてエリアスは騎士の道を、カリンは勉学の道を進み始めた。

いくらそれまで平然としていたとしても、いざその日となればカリンは寂《さび》しがるのではないかと心配していた。

だが、エリアスがレナとカリンの元を離《はな》れ、騎士となるために隊舎へ引《ひ》っ越《こ》す当日もカリンは驚《おどろ》くほどにあっさりと別離《べつり》の挨拶《あいさつ》を兄と交《か》わす。

「ときどきは帰ってきてくれるんでしょう？」

「ああ、そうだよ。帰れない時は手紙を書くから……前も言ったけれど、僕がいない間はレナをよろしくね」

「はいおにいさま！」

やっぱりよろしくされるのは私なんだと思いはしたが、レナは幼い兄妹のしばしの別れを静かに見守った。

「さて……じゃあ次はカリンの夢を叶えるために行動しなきゃね！」

レナはアネッテ伯爵夫人《はくしゃくふじん》や他の貴族、そして自分の工房の職人達にも話を聞き、この人は、という評判の家庭教師をカリンのために雇《やと》うことにした。

かつては伯爵家で礼儀《れいぎ》作法を教えていたその女性は、カリンの覚えの良さに驚いた。

一年の間カリンの家庭教師を務めた結果、これは学校へ通わせてはどうかと勧《すす》められる。

「才能もあるようですし、何よりも学びを得ようとする熱意が素晴らしいです。是非とも高等教育の受けられる場所で、彼女の可能性を広げる機会を！」

これには二つ返事でレナは応えた。

大喜びでカリンの進学先となる候補を探す。家庭教師と話し合い、最終的にカリンに決定権を与《あた》えれば、選ばれたのは名門と名高い学校であった。

カリンは途中《とちゅう》からの編入となるが、見事に試験を突破《とっぱ》した。しかも好成績を修めてだ。学費も名門校だけあって、庶民が通うような場所とは文字通り桁《けた》が違う。だがすでに、その分の学費はカリンのおかげで余裕《よゆう》で賄《まかな》えるだけはあった。

「ある意味カリンが自分で稼いだも同じですからね。だから気兼《きが》ねなく、全力で学校生活を楽しんできてください」

学費がかかる分、授業の質は保証されている。カリンの学力は編入試験で披露《ひろう》されたので心配する必要もない。

唯一《ゆいいつ》の気がかりといえば、学校内での人間関係である。

隠《かく》してはいないが、だからといって公表しているわけでもない。だからこそ、レナとエリアスについては相当に好き勝手な憶測《おくそく》で話が飛び交っている。

レナが普段《ふだん》相手にしているのは成人であるので、ある程度弁《わきま》えてもくれているが、こと子ども同士となればそうもいかないだろう。

「早い話が、カリンが学校でいじめられたりしないか心配なんだけど！」

日頃豪胆《ひごろごうたん》なヘルガも、どこか暢気《のんき》にしているルカもこればかりはレナと同じく気になって仕方がなかった。

だが、そんな大人達の心配など杞憂《きゆう》となる。

家庭教師をつけて一年。その間もレナにヘルガとルカ、新たに家庭教師も加わってカリンは自己肯定感をすくすくと育てた。当然、その自信に見合っただけの実力も伴ってだ。なので、この頃のカリンは可愛らしさの中にも美しさと気高さ、そして教養と知識を身につけた立派な淑女《しゅくじょ》となっていた。

「わたしを一番に愛してくださるお姉様が、わたしに似合うようにと作ってくれたドレスなの。だから、それを着たわたしが可愛くないわけがないわ」

学校で開かれるパーティーなどでレナの新作ドレスを着るたびに、カリンはこう豪語《ごうご》する。言葉だけなら傲岸不遜《ごうがんふそん》もいいところだが、それを納得《なっとく》させるだけのカリンの容姿。圧倒的《あっとうてき》な自信による発言は反感の芽すら潰すが、それでも、どうしても潰しきれない負の感情を向けられることはある。

この時ばかりはレナとエリアスの結婚が仇《あだ》となり、カリンを貶《おとし》める発言へと繋《つな》げられるが、カリンはそうするとさらなる強い言葉と態度で相手を圧倒した。

「そうやって他人を貶めなければ保てないくらい、自己が乏《とぼ》しいの？」

見目麗《みめうるわ》しい少女から、心底疑問であると問われた時の相手の心情たるや。

「お兄様が身売り？　それはあなたがそういう風に見たいからそう見えているだけでしょう？　いいわ、百歩譲《ゆず》って例えそうだとして、それがどうしてお兄様とお姉様を悪く言って良いことになるの？」

カリンは基本的には争いを好まない。だが、こと自分にとって大切な存在――レナと兄を傷つけようとする者には一切容赦《いっさいようしゃ》をしなかった。

「お兄様は自分を犠牲《ぎせい》にしてまでわたしを助けようとしてくれたのだし、お姉様はそんなお兄様とわたしを救ってくれた、そういう話よ？　そしてわたしはそれだけの愛情を受けているの。大切にされているの。それが羨《うらや》ましいという気持ちは分かるけれど、だからといってわたしではなく、お姉様とお兄様を悪く言うのは許さない。絶対に、何があっても、許さないわよ」

貴族の子弟《してい》も通う場所であり、カリンに嫉妬《しっと》で絡《から》むのはそういった輩《やから》ばかりだ。

しかしカリンは怯《ひる》むことなく凛《りん》とした態度を崩《くず》さなかった。

そうしたカリンの見た目のみならず気高い気性は、一部の女子生徒から圧倒的信頼《しんらい》を勝ち得た。高位の貴族の令嬢《れいじょう》から平民出の少女までもが友人となり、おかげで楽しく有意義な学生生活を過ごす。

これがまさかの副産物となってレナの元へと返ってくるのだから驚きである。

カリンはすっかり女子生徒達の憧れの対象となった。カリンの方が年下であるというのに「カリンお姉様」と一部で呼ばれるほどにだ。

やがて、憧れのカリンお姉様とお揃いの物が持ちたい、と願う少女達が現れ始めると、そんな彼女達がレナの新たな顧客《こきゃく》となったのだ。

貴族や富裕層《ふゆうそう》のご令嬢達からカリンとお揃い、またはカリンの服やドレスと似たデザインの注文が入る。これまで取り扱《あつか》っていなかった、ハンカチなどの小物の依頼《いらい》もくるようになり、レナの工房には注文に訪《おとず》れる少女達の楽しげな声が毎日のように響《ひび》いた。

商品の需要《じゅよう》と共に顧客が増えるのはレナとしても嬉しいが、やはり一番の喜びはカリンに同年代の友人ができた点だ。

屈託《くったく》なく笑い合う少女達の様子にレナは何度も歓喜《かんき》の叫《さけ》びを上げた。心の中で。

これもカリンからの恩返しなのだろうとレナは思う。

楽しく、幸せな人生を歩んでいる姿を見せてくれている。それこそレナが兄妹に求めていたものであり、あの時の自分の判断は間違《まちが》いではなかったのだと胸を張ることができる。

カリンの幸せな姿と、レナの工房の盛況《せいきょう》っぷり。これだけでも多すぎるくらいのカリンからの恩返し。

だが、これで終わりではなかった。

歌に楽器、ダンスにそれこそ学業と、カリンは全てにおいて首位を独走する。

ついには飛び級で上の学年へ進み、学長からの表彰《ひょうしょう》と『特待生』という立場を手に入れた。成績優秀《ゆうしゅう》な生徒の中でも特に優秀で、かつ、人柄《ひとがら》的にも優《すぐ》れていると認められた数名だけがなることができる、その栄誉《えいよ》を掲《かか》げつつ、これらは全てレナのおかげであるとカリンは誇《ほこ》らしげに口にするのだ。

「ぜんぶお姉様のおかげなの。お姉様がいなかったら今のわたしはいないわ。だから、これらはすべて、わたしの大切なお姉様に捧《ささ》げます」

愛の告白と錯覚《さっかく》してしまいそうなほどの麗《うるわ》しき美貌《びぼう》でそう言われ、断る選択肢《せんたくし》など誰《だれ》が選べようか。

カリンからの受け取りきれないほどの恩返し。だが、それすらも超《こ》えるものが存在する。

それは、エリアスからの怒濤《どとう》の恩返しであった――。

騎士になるには厳しい試験がいくつもある。だからこそか、それらを見事突破し訓練生になった時点で幾《いく》ばくかの給料が毎月支払《しはら》われる。

エリアスは初任給から全額レナに渡してきた。訓練が忙《いそが》しすぎて、直接ではなく郵送ではあったが、レナは己の迂闊《うかつ》さを痛感して一人落ち込んでしまう。

いや、ちょっとおかしいとは思っていたのだ。いきなり騎士になりたいと言い出すなんて。いくら子どもの頃の夢だったとしても。

だってあの頃のエリアスは必死ではあったけれど、それと同じくらい経理の仕事を覚えるのも楽しそうだったのだ。

「……まさかこのために騎士ぃ……」

正騎士に比べれば少額ではあるらしい訓練生の賃金。とはいえ、庶民が、そしてエリアスと同年代の少年が稼ぐには破格のものだった。

一番早く、そして確実に稼ぐことができるからと、エリアスは無理をして騎士を目指しているのではないか。

どれだけ気にするな、恩返しなどしなくてもいいと言ったところで、あの真面目で優しい少年は気にするに決まっている。

そこを理解していたはずなのに、だというのにこの結果を見逃《みのが》していた。

うああああああ、と重く長いため息が漏《も》れる。

エリアスの気持ちはありがたい。とても尊いとも思う。しかし、これればかりは受領するわけにもいかず、レナは心を鬼《おに》にしようと決めた。

「これはすぐに送り返しましょう」

「いいえそれはいけません、奥様」

ところがその決意を即行《そっこう》で否定してくる者がいる。普段は寡黙《かもく》で穏《おだ》やかなルカだ。

「これは旦那様の男の矜持《きょうじ》です。送り返すなど言語道断。旦那様を愛しておられるなら、このまま受け取るべきです」

「あい……っ！」

何かと口の達者なヘルガの横で、黙って頷いている姿が基本のルカからの言葉。さらにはそこから飛び出る『愛』という単語にレナは思わず素直《すなお》に従ってしまう。

家族として愛しているのは確かなのだから当然だ。

男の矜持とやらはよく分からないが、同じ男であるルカが言うのならばそうなのだろう。

これはあくまで一旦《いったん》受け取ったものとして、レナはエリアス用の口座に貯金していく。

エリアスがいつか本当に好きな相手と結婚する時に、諸々《もろもろ》の祝の品と一緒に贈《おく》るのだ。

ふと、胸の辺りがざわつく。

最近そういうことが増えた。決まってエリアスの未来を考えた時に起こる。

まだ具体的なものではない。しかし、やがて明確な形となるだろう。それは自分にとって決して喜ばしくはないのだと、レナは本能的に感じていた。

幸いと言うべきものではないけれど、訓練生としての日々が忙しすぎてエリアスは休みの日でも帰ってくることはない。特に最初の一年は年越《としこ》しの時期しか帰ってこなかった。

だからその時にはレナもすっかり落ち着きを取り戻しており、エリアスともこれまでと変わらぬ態度で接することができた。

とはいえ、少年の一年は変化が凄《すさ》まじい。

エリアスの見た目は大きく変わっており、それに関しては平静ではいられなかった。

「ほぼ一年ぶりとはいえ……すっかり大きくなりましたね？」

出会った時はレナより少し下くらいにあった顔は、すっかり見上げる位置にあった。

人間ってこんなに変わるものなの？　とレナはあまりの変貌っぷりに玄関《げんかん》で出迎えた時に思わずぽかんと口を開けて固まってしまったくらいだ。

「お前はもっと伸《の》びるだろうと、隊長に言われました」

「え、今よりもっとですか!?　見上げるのに首が痛くなりそう……」

「レナと話をする時は僕が顔を近づけるので大丈夫ですよ」

「そうしてもらえるとありがたいですね」

それでも、この時はまだ余裕だったのだ。

背が伸び、少しだけ声も低くなってはいたが、レナの中では「美形だけども可愛らしいエリアス様」という認識《にんしき》。だから、こんな軽口で返すこともできた。

さらに翌年、十八になったエリアスはすっかり青年の風貌《ふうぼう》になっており、そんな美しい青年がことあるごとに長身を屈《かが》めては耳を寄せてくる。それがなんだかとてつもなく恥《は》ずかしくてそっと距離《きょり》を取るが、離れた分だけ近づかれてしまう。

気付けば壁際《かべぎわ》に追い込まれていたのも一度や二度ではない。

レナがあまりに逃《に》げ腰《ごし》になるものだから、最終的には軽々と抱《かか》え上げられてしまった。

「こうすれば、レナは首が痛くならずに済むし、俺も腰《こし》が痛くならずにすむのでいい方法だと思いませんか？」

「これっぽっちもよくないですね！」

いつの間にか「僕」から「俺」へと口調も変わり、それがより一層レナの中でのエリアスに対する感情をざわつかせていた。

住まいは相変わらず隊舎なので、日常的に顔を合わせずにいられるのが救いではあるが、その分長期休暇《きゅうか》などで帰宅した時に美形の圧力を嫌《いや》というほど思い知らされた。

なんとなく、自分の反応を見て遊ばれているような気がして面白《おもしろ》くない。

王都へ出てきて、工房を構えて女主人としての立場を確立していようと、根っこにあるのは田舎《いなか》の純朴《じゅんぼく》な娘《むすめ》としての面が強い、というかそれしかないレナである。

婚約破棄《こんやくはき》をされて以降、この二十三年間ひたすら仕事一筋に生きてきたのだ。下手をすると田舎娘よりも遅《おく》れているかもしれない。

早い話が男慣れしていないのである。だから過剰《かじょう》な反応をしてしまうし、エリアスはそれを見て少しばかり楽しんでいるのだろう。

「子どもの頃はあんなに可愛らしいエリアス様だったのに」

「ええ、もう子どもではありませんから。俺は大人の男ですよ、レナ」

つい恨《うら》み節を零《こぼ》してしまえば、とどめと言わんばかりの一撃を食らう。

返答の仕方が可愛くない。というよりなんだかこなれている、ような気がする。

これはあれか、同年代もしくは先輩《せんぱい》からの悪影響《あくえいきょう》かと、レナはちょっとばかり騎士団に苦情の一つも入れたくなってしまう。

「もちろん分かっていますよ。本当に立派になられましたね、エリアス様！」

本来であれば乙女《おとめ》心の一つや二つ騒《さわ》ぎ出すに違いない、エリアスの醸《かも》し出《だ》す空気。

しかし自分は保護者であるからして、それに飲み込まれてはいけないのだとレナは自分に言い聞かせた。

脳裏《のうり》に浮かぶのは初めて出会った時の美しくも可愛らしく、そして懸命《けんめい》に幼い妹を守ろうとする少年の姿だ。

「う……本当に……立派になって……」

レナは最近、幼い頃の彼らの姿を思い出すと秒で泣けるようになってしまった。勘違《かんちが》いしてもおかしくはない甘さを含んだ空気が一気に霧散《むさん》する。

「立派になったと言ってくれるなら、俺のことをちゃんと呼んでください」

「呼んでるじゃないですか！」

「様、はつけないって約束したのを覚えていますか？」

「それは……覚えていますよ、もちろん」

「じゃあどうしてちゃんと呼んでくれないんです？　俺は貴女の言うように立派になったし、無事成人もして、法的にもきちんと夫になりましたよ」

「長年の癖です。とはいえ約束を守っていないのは私が悪いですね、すみませんエリアスさ……エリアス」

呼び方を変えるだけで途端《とたん》にエリアスは嬉しそうに笑《え》みを浮かべる。

昔に比べるとほんの少しだけ、砂糖ひとつまみ分くらいの意地悪さを見せるようにはなったけれど、レナに向ける笑顔は昔と変わらない。

あれだ、あれがまずかった。人間、軽率《けいそつ》に約束事などするものではないと、数カ月前の出来事に思いを馳せた。

🎀 🎀 🎀

毎年秋に行われる剣術《けんじゅつ》大会。

訓練生もこれに参加し、ここでの成績如何《いかん》では即《そく》正騎士への道も用意されている。さらに今年は国王夫妻を招いての御前試合《ごぜんじあい》、王太子の専属護衛への抜擢《ばってき》もあると囁《ささや》かれてもおり、参加者の熱は例年の比ではない。

莫大《ばくだい》な賞金と王族の覚えもめでたい栄誉の二つ。誰もが躍起《やっき》になった。

その大会で、エリアスはまさかの優勝を決めたのだ。

この日はレナもカリンと共に応援に来ていた。

用意された訓練生の家族席で、ハラハラと試合を見守る。レナの中ではエリアスは線の細い少年の姿が強く残っている。

だから、同じ訓練生同士とはいえ無事に戦うことができるのか、いやそもそも、エリアスは剣《けん》を持って動くことができるのだろうかと、そんな過保護としか言いようのない心配をしていた。


だが、試合が始まってすぐにそれらの心配は杞憂であったと思い知らされる。

とにかく強い。強すぎた。試合開始の合図と共にほぼ瞬殺《しゅんさつ》で勝負が決まる。

初手の一撃が速すぎて、レナは何が起きたのかも分からない。

それでも試合が進むにつれてどうにか目が追いつくようになるが、そうなってくると一つ疑問が浮かぶ。

「……なんだか、慣れすぎてない？」

「それだけ頑張ったってことだわ、お姉様！　お兄様が優勝したら、お姉様から褒めてあげてね」

「それはもちろん！　全力で褒め称えるわ！」

「ご褒美《ほうび》もあったらもっと喜ぶかも」

「それも当然よ‼　何がいいかしら……」

カリンとの会話で思考が逸《そ》れてしまったが、この時レナが思った疑問はこれである――なんだかやたらと、喧嘩《けんか》慣れしてない？　しかも、どちらかというとごろつきとかそういう、なんていうか路地裏での喧嘩みたいな？

わあ、と歓声《かんせい》が上がると、レナの中からこの疑問は完全に吹き飛んでしまった。エリアスが最後の試合を制したからだ。

勝者としてエリアスの名が高らかに告げられ、あっという間に表彰式が執《と》り行《おこな》われる。

観戦席にいる国王からは勝利の栄誉を、壇上《だんじょう》の騎士団長からは勝者の証《あかし》の短剣《たんけん》と報奨《ほうしょう》金《きん》が一旦手渡《てわた》され、場内が拍手《はくしゅ》で満ちあふれた。

「すごい！　お姉様、お兄様がやったわ!!」

ただでさえエリアスの優勝にレナの感情は爆発《ばくはつ》しそうなところに、珍《めずら》しく大きな声ではしゃぐカリンの姿が決定打となった。レナはその場で咽《むせ》び泣《な》く。

「あああああエリアス様……カリンも……ほんとうに……うあああああ」

あんなにも暗く怯えていた兄妹が、今はこんなにも光の中で輝《かがや》いている。これを喜ばずしてどうしろというのか。

周囲が若干《じゃっかん》引いている気配を感じるも、こっちはそれどころではないのだとレナはカリンにしがみついて歓喜の涙を流し続けた。

「レナ」

エリアスの呼ぶ声が思いの外近い。そのことに気付いて驚いて顔を上げれば、いつの間にか目の前に彼がいた。それどころか、カリンごと抱《だ》きしめられている。

驚いて一瞬《いっしゅん》涙も止まるが、家族の抱擁《ほうよう》であると考えると、また涙が溢《あふ》れてくる。

「泣かないでくださいレナ」

「エ……エリアスさま、おめっ……おめで、とうございます！　素晴らしい勝利でした！」

「はい、貴女のために頑張りました」

涙で視界が歪《ゆが》んでいようとエリアスの美しさに支障はない。

そんな彼のいっそ蕩《とろ》けるような笑顔が至近距離、かつ直球で飛んできた。

ひぇ、と知らずレナの口からは悲鳴が漏れ、涙は今度こそ完全に止まってしまった。

「……そこは……陛下と王妃《おうひ》……それに殿下《でんか》のためなのでは……？」

仮にも御前試合。努力すべきは王族のためだろう。

少なくとも大義名分はそうではないのか。

可愛げがないともとれるレナの言葉に、だがエリアスは笑みを崩すどころかますます破顔する。

「忠誠心はもちろん王家の方々へ捧げます。ですが他の全て――勝利も栄誉も賞金も、俺自身も……貴女に捧げます、レナ。どうか受け取ってください」

激戦を潜《くぐ》り抜け頂点に立った若き美貌の騎士が、一人の女性の前に片膝《かたひざ》をつき全てを捧げると宣言する。

まるで絵画のような一幕に、一瞬の静寂《せいじゃく》の後に黄色い悲鳴と野太い歓声が湧《わ》き上がる。

レナとしても悲鳴を上げたい勢いだ。他人事《ひとごと》であれば周囲に負けないくらいの黄色い声を出していただろう。だがいっそ悪夢かと思うくらいに当事者であるからして、出てくるのは本気の悲鳴だ。

しかし、それも衝撃《しょうげき》が大きすぎて喉奥《のどおく》で固まっている。

結果、レナの口からは「ひあああ」というなんとも間の抜けたか細い声しか出てこなかった。

この後のことをレナはあまり覚えていない。

かろうじて覚えているのはエリアスの口から「ご褒美をください」と強請《ねだ》られたくらいだ。それも中身はよく理解しておらず、ただ言われるままに頷いた気がする。

どうやらエリアスから「そろそろ普通《ふつう》に名前で呼んでください」と「様」付けをやめるように言われたらしい。レナが「エリアス様」と呼ぶたびに、この約束を持ち出しては指摘《してき》されてしまう。

そしてもう一つ、優勝者に与えられた特別休暇中《きゅうかちゅう》に、エリアスと街へ出かける約束を交わしたのだ。

「恋人《こいびと》同士の逢瀬《おうせ》ね！」

出かける寸前にカリンから飛び出た言葉にレナは玄関先で躓《つまず》きかけた。

「あ、でもお姉様とお兄様は夫婦だから恋人同士ではないのよね」

「ええと……うん……カリン、ひとまず行ってくるわ。お留守番よろしく」

「まかせてお姉様！　ゆっくり楽しんできて！」

エリアスに年越しの時期以外で休みがあるのは珍しい。せっかくなのだから兄妹水いらず、もしくはカリンも一緒に家族三人でなくていいのかとエリアスとカリン、それぞれにそう声もかけたが両者共に首を縦には振らなかった。

エリアスからは「貴女と二人で出かけたいんです」となんとも胸《むね》の奥がざわつく言い方をされてしまうし、カリンからは盛大《せいだい》なため息をもらってしまった。

なぜか呆れの色も濃《こ》く、レナとしては年頃《としごろ》の少女の思考が分からない。

機嫌《きげん》良く送り出してくれたので、話に聞く『反抗期《はんこうき》』とは違うようなのが救いであった。


エリアスとの待ち合わせは街中にある大きな広場の噴水《ふんすい》の前だ。この日は蚤《のみ》の市《いち》も開催《かいさい》されており、普段より人出も多い。

少しばかり早く着いたのもあり、時間まで市でも覗《のぞ》いてみようかと思えば、遠くからエリアスが「レナ」と呼びながら駆《か》け寄《よ》ってくるのが見えた。

「すみません、お待たせしました」

「いえ、むしろ時間より早いくらいですよ！」

レナは二重で驚いた。エリアスが時間より早く姿を見せたこともだが、この人の多い中でよくもまああんな遠くから自分の姿を見つけられたものだと。

広場の噴水前など待ち合わせにはうってつけの場所だ。現に今も多くの人々が待ち合わせに使っている。レナと似た背格好の女性も数人いる中、エリアスは遠くから迷わずにレナを見つけて声をかけた。

ふと、以前にも同じことがあったなと思い出す。

ちょうど今から一年ほど前だったろうか。

あの時は建国祝いの真っ最中で、数日街をあげてのお祭りだった。出店の数も、人の数も今日よりさらに多い。

ヘルガと買い出しに来ていたレナが、出店で軽く物色しているとそこにエリアスが声をかけてきたのだ。

人の多い場所は犯罪も増える。未然に防ぐ意味でも隊服を着せた訓練生を配置しており、エリアスはその巡回《じゅんかい》中だった。

任務の途中ということもあり、会えた時間はとても短いものであったけれど、レナがこれまで目にしていたエリアスとは違う顔をしており、それがとても新鮮《しんせん》だった。

エリアスの背後からひょこひょこと顔を見せる仲間の少年達。そんな彼らと会話をしているエリアスは少しだけ雑味があり、それがとても『年頃の少年』の姿に見えて嬉しかった。

そういえば、あの頃からではなかったろうか。エリアスの態度というか距離感というか、そういうものが変化したのは――。

「レナ？」

「はい！」

目の前に突然《とつぜん》のエリアスの顔である。素《す》っ頓狂《とんきょう》な声を上げてレナは身じろいだ。

一瞬バランスを崩しかけるが、エリアスが即座《そくざ》にその背を支えてくれる。

「驚かせてしまって、重ねてお詫《わ》びします、レナ」

「いえいえ、お気遣《きづか》いなく」

距離がやっぱり近い。背中を支えてくれた手が離れても、距離自体はそのままだ。

踵《かかと》分だけ後ろにずれれば、めざとく気付いてエリアスも爪先《つまさき》分だけ前へ動く。

だから、とチラリと見上げるレナに、エリアスはそれには気付いていないのかそれとも恍《とぼ》けているだけなのか。おそらく後者と思われる平然とした顔でレナに謝罪を続ける。

「時間には間に合っていようと、貴女をお待たせしたのに変わりはありませんから」

切り返しの言葉はまるで恋人に告げるが如《ごと》くだ。

甘い、甘すぎる、とレナは羞恥《しゅうち》で震《ふる》えそうになるのを必死に耐《た》えた。

出がけにカリンがおかしなことを言ったせいで、余計に反応してしまう。今日のこれは、少なくともそういった甘ったるいものではないというのに。

「いえいえいえ！　お気になさらず！　そう、少なくとも私相手にそういったお気遣いは大丈夫ですから」

「俺にとっては、誰よりも気遣いたいのは貴女なんですが……駄目《だめ》ですか？」

これが最近のエリアスのよく見せる飄々《ひょうひょう》とした顔であったり、レナをからかって遊びたいという素振《そぶ》りであれば、レナとしても「どこでそんな女性を誑《たぶら》かすような言葉を覚えてきたんですか」と突っ込みもできた。

だが、こんな時だけエリアスは十五歳の頃と同じ不安に揺《ゆ》れる瞳《ひとみ》を向けてくるのだ。

そこに他意があろうとなかろうと、レナとしては「卑怯《ひきょう》」と叫びたい。そんな顔をされて、レナが否と応えられるわけがないのだ。

「か……っ、家族ですからね……ええ、家族とはいえ互いに相手を気遣うのは大切です。けど、過剰な気遣いは……結構ですから」

それより早く行きましょう、とエリアスを置いて歩を進めるのは完全に照れ隠しだ。

背後でエリアスが笑う気配を感じたが、ここで振り返る余裕があればそもそもこんな態度はしていない。

「今日は市も出ていますから、掘《ほ》り出し物《もの》があるかもしれませんよ」

「最近は好みが厳しくて」

「それだけエリアス様に甘えているんですよ」

エリアスの剣術大会での優勝より少し前、カリンも詩の朗読会で最優秀賞《さいゆうしゅうしょう》を獲得《かくとく》している。そのカリンへの贈り物を選ぶために、二人で街へ来たのだ。

「昔は何を贈っても喜んでくれていたのに……」

そうぼやきつつもエリアスは嬉しそうだ。やはりカリンがそれだけ我儘《わがまま》を言ってくれるようになったのが喜ばしいのだろう。

「レナのおかげで審美眼《しんびがん》が育っているのはいいことですけどね」

「その審美眼に鍛《きた》えられるんだから、エリアス様も今が頑張り時ですよ」

ここで女性への贈り物センスを磨《みが》いておけば、近い将来そういった相手ができた時に苦労をしないですむはずだ。

元々相手を思いやるエリアスではあるけれど、センスは磨かなければひどい結果を生む場合もあるのでやはりここが正念場。きっとカリンもそう思ってあえて兄に厳しく接しているのだろう。

「どうしました？」

急にエリアスが黙ってしまったのでレナは不思議に思い立ち止まる。

エリアスはなんとも微妙《びみょう》な顔をしており、あ、この顔今日の出がけに見たカリンと一緒だわ、さすが兄妹よく似ている、とレナの思考は軽く逸れた。

最近、兄妹に残念なモノでも見るような視線を向けられる回数が増えた気がする。

深く考えると悲しくなりそうなので、そんな時は、息をするように兄妹の似ている部分を見つけて一人で感動するようになった。

「……なんですか？」

ますます表情が怪《あや》しくなるエリアスについ身構える。

いいえ、とエリアスは軽く頭を振った後、レナの隣《となり》に立って歩き始めた。

「言いたいことがあるなら言ってくださいエリアス様。ほら、さっきも言いましたけど、私達は家族ですからへんな気遣いは無用ですよ」

「名前」

「え？」

「名前で呼んでくださいと、そうお願いしたのになあと……」

またしてもあの頃と同じ眼差《まなざ》しを向けられ、レナの罪悪感と複雑な乙女心が悲鳴を上げる。それをなんとか年上の気合いで抑《おさ》え込み、レナは大きく何度も頷いた。

半分以上意識は飛んでいたけれど、そんな約束をしたのはかろうじて覚えている。

「今から！　今から気をつけます！」

「気をつけないと、レナは俺を名前で呼んではくれないんですか？」

あざとい！　そう叫ぶことができればどれだけ良かったか。

あざ、の形で固まったレナの口元に堪《こら》えきれなくなったのか、エリアスが小さく噴《ふ》き出した。

今度こそ絶対に、間違いなくからかわれたのを察して、レナの乙女心はさらに悲鳴を上げた。


「すっかりスレてしまわれて私は悲しいです」

「すみません、ちょっとはしゃぎすぎました」

からかいの報復に、それ以降レナはエリアスの名前そのものを呼ぶのをやめた。

むしろ初めからこうしていれば良かったのではなかろうかと、そんな考えが浮かんだ途端エリアスが即座に謝ってくる。

「まあこの時期にお休みだなんて、訓練生になって初めてですもんね。多少の浮かれっぷりは仕方がありませんね」

少し溜飲《りゅういん》が下がったのか、レナは楽しげに足を進めた。だから、その後ろでエリアスがまたしても残念そうな視線を向けているのに気がつかない。

「あ、ここも見てみましょう！　カリンが好きそうなものがいっぱい！」

明るめの緑の石が小さな花弁となってあしらわれた髪飾《かみかざ》り。

カリンはこの色合いのものならなんでも好んで身につける。「お姉様の瞳の色だもの」などという、男性だったら悶《もだ》え転がること間違いない破壊力抜群《はかいりょくばつぐん》の理由である。

「カリンったらまったくもう、すぐそんなこと言うんだから」

レナとしては仕方がないわね、だなんて素振りをしているが内心は当然ながらに大喜びしている。カリンが恋人を作るまではと言い訳をしつつ、今はカリンが好きだと言ってくれる自分の色をつい選んでしまう。

そうやってカリンに似合うものを探し続けていれば、すっかりレナの機嫌は回復した。

これぞ、という品物を見つけられたのだからなおさらだ。

小さな花びらの中で羽を広げる小鳥の姿がなんとも可愛らしい髪飾り。

花びらを緑の石で、小鳥の瞳を青い石で飾《かざ》っており、これでレナと兄妹それぞれの色が宿っていることにもなる。髪飾りと揃いの拵《こしら》えでイヤリングもあったのでそれも一緒に購入した。

「首元を飾るネックレスは、また今度のお祝いにしましょうね」

すでにカリンの卒業は来年と決まっている。飛び級を重ねた結果によるものだ。

どんなデザインのものを探そうか、いやそれとも卒業祝いなのだからここは奮発のしどころで新しくあつらえてもいい。

しかしそうなると卒業用のドレスとも合わせたいから、早急《さっきゅう》にデザインを決める必要が出てくる。

そんな思考に気を取られすぎていたせいか、レナは前方不注意も甚《はなは》だしかった。

突如《とつじょ》エリアスに腕《うで》を引かれる。

うわ、と驚きの声が零れたと同時、膝元《ひざもと》に軽く衝撃が走った。

「あぶないよ」

そう声をかけられたのはレナではなく小さな女の子だった。

こちらもレナと同じく前をよく見ていなかったようで、危うくレナと正面からぶつかるところであった。

エリアスがレナの腕を引いたおかげで正面衝突《しょうとつ》は免《まぬが》れたが、それでも体がぶつかってしまったらしい。

レナの膝にぶつかり、そのまま地面に倒《たお》れる寸前にエリアスがもう片方の手で幼子の身体を支える。

「ごめんなさい！　どこも痛くはない？　大丈夫？」

「うん……だいじょうぶ」

レナの問いに女の子は小さく頷くが、顔はエリアスを見たまま動かない。

エリアスは女の子の目線に合わせてしゃがみ込んだまま、優しく笑みを浮かべた。

「怪我《けが》がなくて良かった。一人で帰れる？」

女の子がまたしても頷けば、ややあって両親が慌《あわ》てて駆け寄ってくる。

近くで店を広げており、そろそろ閉めて帰ろうとしていたところ、暇《ひま》を持て余した女の子が一人で動いてしまったそうだ。

何度も礼を言い去っていく親子連れを見送りつつ、レナはしみじみと頷く。

「いやあ……エリアス様はいい父親になりますね」

その前に初恋泥棒《はつこいどろぼう》になりますけど、と続ければエリアスが小さく笑う。

「なんですかそれは」

「今の女の子、完全にエリアス様に初恋を奪われていましたよ！　ううん分かる……分かる……幼女にエリアス様は完璧《かんぺき》すぎる……太刀《たち》打ちできるわけがない……」

「レナ」

「あ、幼女だけじゃありませんよ。ちゃんと妙齢《みょうれい》の女性に対してでもエリアス様は完璧です」

「それは貴女に対しても？」

「もちろんそうですとも！」

自信満々に応えるレナに、エリアスの浮かべる表情は例のアレである。

何故《なにゆえ》に、と思いつつもレナの脳内は小さな娘の手を取って歩くエリアスと、そんな彼の隣で幸せそうにしているいつかどこかで目にするだろう女性の姿が浮かぶ。

「ああやって自然な動きで子どもと同じ目線になれる男性は多くはないですよ。それができるエリアス様はさすがです。きっと自慢の父親になるし、自慢の夫になります」

「今の俺は？」

「はい？」

「今の俺では、レナの自慢の夫にはなれていませんか？」

「まさか！　すでに自慢の夫です！　むしろ私にはもったいないくらいの、誰もが羨む存在ですよ‼」

そう、だからこそ、彼が本当に望んだ相手と作る家族は素晴らしいものになるだろう。

「可愛い子どもと素敵な奥さんとで、楽しく愉快《ゆかい》な幸せ家族を築いてくださいね、エリアス様」

きっと寂しく思う気持ちはあるだろう。

だってレナにとって自慢の夫であるのは嘘《うそ》ではないし、可愛い息子《むすこ》で弟で、楽しく愉快で幸せに暮らしている今の家族なのだから当然だ。

でもその寂しさと同じくらい、いや、それを遥《はる》かに超えてエリアス自身に幸せになってほしいのも心からの望みだ。

寂しく思うのは家族としての感情であり、そこに余計な気持ちはない。

「……その家族の中に、レナはいてくれますか？」

だというのに、エリアスは軽々とレナの感情を揺さぶってくる。

隠しきったと思ったけれど、ほんの少しだけ気持ちが漏れていたのかもしれない。

エリアスは相手の感情を読み取るのに長《た》けている。

レナは一瞬言葉に詰《つ》まったが、ゆっくりと息を吐いて覚悟《かくご》を決めた。

「私は祖母……いや、ちょっとそれは……ううんでもやっぱり立場的にはそんな感じ……うう……まあいいや、とにかくそんな感じで、エリアスとカリン、それぞれの幸せ家族の側《そば》にいて、二人の子ども達にたくさん服を作ります！　今はそれが楽しみで楽しみで仕方がないです」

赤の他人がいつまでも家族面しているものではないと頭で理解はしていても、感情はそれに伴わない。エリアスとカリン、そしてそれぞれの相手の邪魔《じゃま》にならない程度に、きちんと距離を取りつつ時々関わらせてもらえたら。それがレナの望みだ。

「デザイン画ももうたくさんあるんです。今度帰ってきた時にお見せしますね！　あとリクエストがあったらなんでも言ってください」

「……気が早くないですか？」

「あ……まあ、お楽しみはいくつあってもいいかなと」

呆れと僅《わず》かな落胆《らくたん》の色、それと同じ程度の喜びを混ぜつつ、でもやっぱり呆れがふんだんにこもった視線を向けられ、レナはいたたまれなさにエリアスから視線を逸らす。

「今日はヘルガがごちそうを用意してくれると言っていましたし、早く帰りましょうか」

露骨《ろこつ》に話題を変えてレナは足早に先を急ぐ。

だから、エリアスがため息と共に「通じないなあ……」と零した声は聞こえなかった。


エリアスとの関わり方に多少の変化はあれど、全てが順風満帆《まんぱん》の日々である。

エリアスは最年少で正騎士となり、カリンも飛び級で名門校を卒業して王立図書館の司書としての資格を得た。仕事に就《つ》くにはまだ年が足りないので、もっぱら見習い司書として兄と共に出仕する。

麗しきシュナイダー兄妹の名は社交界に知れ渡り、なんとか彼らと繋がりを持ちたい貴族がレナの工房を訪れる。

レナはもちろん、そんな不埒《ふらち》な目的に手を貸しはしない。

実情はどうであれ、エリアスとレナは夫婦なのだ。それを知っていながら、それでもなおエリアスを夫にと求めてくる貴族に辟易《へきえき》してしまう。

いずれエリアスとは離婚《りこん》し、彼が心から好きになった相手と結婚させたいレナである。

とはいえこんな、率先《そっせん》して不義理を強要してくる連中に大事なエリアスを渡すことなどできなかった。

そんなレナの態度に不快を露《あら》わにし、去っていく貴族もいる一方で、これをきっかけにレナのドレスを気に入ってくれ、その後顧客となる貴族も増えた。

どちらかといえば後者が多く、おかげでレナの工房は今や王都で一番人気とまでなった。

これだけでもレナにとっては過剰すぎる幸せであるが、ついにそれが頂点を迎える。

二人と暮らすようになって六年——カリンが十五歳を迎えた年に、王太子であるクラウド殿下との婚約が決まったのだ。

第四章 兄妹の幸せのために

レナ・シュナイダーの義理の妹。つまりは庶民《しょみん》出の王太子妃《ひ》など論外、との声は上がらなかった。

カリンは戸籍《こせき》上まだアインツホルン伯爵家《はくしゃくけ》の娘《むすめ》であるからだ。

そして、レナがカリンを養子にしなかった最大の理由がここにある。


彼らは自らの財を増やす能力は皆無《かいむ》であったが、他人からむしり取る能力は高かった。

レナがこのくらいまでならまあ、と思える額でしかたかってこない。大金を一気にせしめようとすれば断られるかもしれないからだ。

面倒《めんどう》ではあるけれど、金で解決できるのであればそちらが早い、と判断する方向へと話を進めてくる。

レナ自身が可能な限り最速でエリアスとカリンをあの家から引《ひ》き離《はな》したいという思いがあったにせよ、彼らのそういった判断はまさに効果的だった。

「ほんっっっとうに下衆《げす》だわ……」

寄生虫とはまさに彼らのことを指すのだろう。宿主が倒《たお》れない程度に、しかし絶対に離れようとはしない。

いっそすっぱりと縁《えん》を切るためにカリンを養子に、という選択肢《せんたくし》もありはしたが、それが叶《かな》うまでの時間と、それによる危険性の方が高かった。

向こうからすれば、エリアスとカリンはあくまで商品だ。

見目麗《みめうるわ》しい外見を駆使《くし》して、倫理《りんり》観は持たないが暇《ひま》と金は持て余している人間から金を稼《かせ》ぐための。

その商品の一つをレナが高値で買い取った、というのが彼らの認識《にんしき》だろう。

想定以上の高値でエリアスを引き取ってくれたのはありがたいが、エリアスが結婚《けっこん》さえしていなければ、今も定期的に稼ぎに出て収入があったかもしれない。つまり、長期的なことを考えれば損失だ。

そんな下衆の極《きわ》みの思考をしている彼らにとって、カリンはなんとしても手放すわけにはいかない。これ以上金の卵を産む鶏《にわとり》を失ってなるものかと思ったはずだ。

だが、そういう目的で外に出すには当時のカリンは幼すぎた。

そういった趣味《しゅみ》の人間を相手にさせてもいいが、それよりは売れ時まで焦《じ》らした方がより一層高値がつくだろう。

ならば、たいした金にならない子どもの間、金を出すという物好きな平民に貸し出するのが得。教育まで受けさせるというのだから手間も省けてこちらも楽だ――。

そんな考えがあまりにも明け透《す》けで、レナはこれまでよくキレなかったものだと自分を褒《ほ》めてやりたい。血の気の多かったあの頃《ころ》、婚約破棄《こんやくはき》をされた当時であれば間違《まちが》いなく殴《なぐ》りかかっていた。

しかし、昔も今も、貴族相手にそんなことをすれば庶民のレナなど簡単に潰《つぶ》されてしまっていただろう。

「ほんっっっっと、ろくなもんじゃないわよね貴族なんて」

普段《ふだん》はあまり身分差など気にならないが、こんな時は心の底から嫌《いや》になる。

もちろん、ろくでもない貴族はごく一部でしかなく、大半の貴族はその身分に伴《ともな》った責任を果たしていると知ってはいるが。

「そのごく一部、に縁がありすぎじゃない私⁉」

ろくでなしのごく一部、のさらに煮詰《につ》まったような相手と二度も関わっている。一体自分が何をしたというのだろうかと泣きたくなってしまう。

すっぱりと縁を切るための一番の解決法はレナがカリンを養子にすることだが、これこそが最大の難関だった。

庶民同士ならまだしも、貴族と庶民、しかも貴族の中でも歴史のある家。

エリアスとカリンがあの家でどんな扱《あつか》いをされていたかなど、当然外に漏《も》れているわけではない。血の繋《つな》がりはなくとも両親は健在で、財政難を抱《かか》えているがそれを家族総出で対応している。世間一般《いっぱん》的にはそういう認識だ。

そんな状態で、庶民のレナが名門貴族の令嬢《れいじょう》を養子にしたいと言ったところで相手にされるわけがない。

仮に、エリアスとカリンの扱いが外に知られ、法的措置《そち》を執《と》られるとしてもそれが実行されるまでの期間はどうなるのか。

当然調査が先に入るわけだが、その前にカリンを無理やりどこかの貴族に嫁《とつ》がせでもしたら？　助けの手が届くまで、カリン一人で貞操《ていそう》を守れるとでも？

大人相手に、子どもがどれほどの抵抗《ていこう》ができると思うのか。

だからレナはひたすら札束で殴り続けたのだ。とにかく迅速《じんそく》に、一秒でも早く安全な場所へ連れ出したい一心で。


そういった理由もあり、カリンの結婚相手としてレナにはどうしても譲《ゆず》れない条件が二つあった。

一つは、当然ながらカリンを一番に愛し、誰《だれ》よりも幸せにできるかどうか。

その次に、相手がそれを実行するだけの力を持っているかだ。

この二つの条件を満たすのは簡単なようで難しい。

一つ目は相手の気持ちによるものだが、二つ目はあの屑《くず》一家を相手にしなくてはならないからだ。

財力だけならばレナと同等、あるいはそれ以上の相手を探せばすむ話だ。実際、カリンと婚約をしたいと言ってくるレナより格上の商家は多かった。だが、どれだけ財があったとしても、貴族でござい、アインツホルン家の娘でござい、と権力を振《ふ》りかざされるとレナ達庶民では太刀《たち》打《う》ちができないのだ。カリンを娶《めと》るために、それまでの事業を手放す者などいないだろう。自分だけでなく、家族やそこで働く従業員を守る責務があるのだから、そこについてレナは何も言えないし言う気も起きない。

となると、一番確実なのはやはり貴族の家へ嫁がせることだ。できるだけ彼らより格上の、どうあっても太刀打ちできないほどの元へ。

だが、それほどの貴族の家へとなると、ここでも身分差が障害になる。どれだけ美しく聡明《そうめい》だろうと、平民の身分で高位貴族の元へ嫁ぐのはそれだけで難しくなるだろう。

だから、レナはカリンを養子にしなかったのだ。

どれだけ下衆で外道《げどう》で即座《そくざ》に縁切《えんき》りをしたくとも、アインツホルン伯爵家の名は役に立つ。

「……っていうか、その名前のせいで苦労してるんだもの、せめて最後くらい役立たせろって話よ！」

カリンはシュナイダー姓《せい》を名乗っているが、それは唯一《ゆいいつ》血の繋がった兄と離れたくないというカリンの我《わ》が儘《まま》を聞いてやっているだけ——というのが、彼らの言い分だ。

いずれ嫁《よめ》に行く時は、アインツホルン伯爵家の娘としてだと、そう吹聴《ふいちょう》している。

レナとしてはその辺りはどうでもいい。カリンが、最終的に彼らの手が出せない相手と幸せになってくれるのならば、どちらの姓でどちらの家から嫁に行こうと構わないのだ。

同格の伯爵家……侯爵家《こうしゃくけ》、はやっぱり高望みしすぎよね、爵位《しゃくい》が上がればそれだけ責任も重大になるし、そんな苦労をカリンにしてほしいわけじゃないから、とにかく！　カリンを守ることのできるだけの家に!!　お金ならいくらでも出すからーっ!!

そんな必死の祈《いの》りを毎晩捧《ささ》げていたレナであるからして、カリンの相手としてはこれ以上ないほどの存在に涙《なみだ》を流して喜んだ。

「おめでとうカリン！　でも知らなかったわ、あなたいつの間にクラウド殿下《でんか》とお近づきになっていたの？」

今日は久々の家族団らんだ。

エリアスも休みを取って一緒《いっしょ》にカリンの婚約祝いの真っ最中。

ヘルガの作ってくれた牛肉と野菜たっぷりのシチューは兄妹《きょうだい》の大好物だ。色とりどりの野菜サラダに、これまたヘルガお手製のふわふわのパン。

アネッテ夫人からはお祝いにと葡萄酒《ぶどうしゅ》も届いている。アルコール成分も控《ひか》えめなので、酒の初心者にも飲みやすい。カリンには林檎《りんご》のジュースが用意され、三人で乾杯《かんぱい》した。

レナは酒を少し飲むだけでも顔が真っ赤になってふわふわとした気分になるが、エリアスはどうやら体質的に強いらしく、スルスルと飲んでいる。

「図書館で調べ物をしていた時に殿下に見つかって、それから……でも私も最初は殿下だなんて知らなかったの！　てっきり物好きなどこかのご子息だとしか思ってなかったわ」

クラウド殿下は、柔《やわ》らかな陽の光を集めた金色の髪《かみ》に碧色《あおいろ》の瞳《ひとみ》をした、見た目はまさに絵に描《か》いたような王子である。年はカリンより三つ上で、エリアスとも年が近いとあって身分を超《こ》えた友情を結んでいるとか。

「中身はかなりおもしろ……ゆか……個性的じゃないかしら」

見た目だけなら理想の王子様、しかし中身はかなり癖《くせ》のある人物。レナは遠目にしかクラウド殿下を見たことがないので、カリンの話を聞いて人は見た目によらないなとつくづく思った。

「そうだね、全部を知った上でカリンを婚約者にと選ばれたもんな」

「どういう意味かしらお兄様」

「その通りの意味だよカリン」

途端《とたん》、カリンの頬《ほお》が風船のように膨《ふく》れた。

「お姉様なんとか言って！　お兄様ったらひどいの！」

美男美女、そして気高くも優《やさ》しい理想の兄妹。それは間違いなく二人を正当に評価したものではあるが、今レナの目の前で繰《く》り広《ひろ》げられている姿もまた二人の本来の姿だ。

からかう兄と、それに反発する妹。

エリアスはカリンとレナに対してだけは、時折こうやってからかってくる。

カリンも普段であればよほどの非礼でない限りは優しくも冷静に対応するが、エリアスとレナに対してはコロコロと感情を変える。

二人ともなんとも子どもっぽい態度を見せるのだ。

「お兄様、せっかく騎士《きし》になったのに昔より性格が悪くなった気がするわ」

「俺も短いながらに世間の荒波《あらなみ》に揉《も》まれたからかな？」

「率先《そっせん》してその荒波に飛び込んでは乗りこなしているって殿下は言っていたけど」

「うん、身近にいいお手本がいたから参考になったよ。ありがとうカリン」

「お姉様！　お姉様の夫の口が悪すぎるんですけど!!」

仲睦《なかむつ》まじく、年相応にじゃれ合う兄妹のやり取りに、レナは咽《むせ》び泣《な》きそうになる。

一緒に住み始めた頃は、二人ともこんな気安い姿はなかなか見せてはくれなかった。けれど、今はもうこんなにも……尊い、と両手で顔を覆《おお》ってプルプルと震《ふる》えてしまう。

王太子が見かけによらず、であるならばこの二人もそれと同じだ。

そして、その見かけによらずの姿を見せているということは、それだけ相手を信頼《しんらい》しているということでもある。

カリンが王太子に信頼されている証《あかし》も相まって、いつも以上にレナは身悶《みもだ》え続け、最終的にテーブルに突《つ》っ伏《ぷ》した。

基本的に兄妹がレナを見つめる視線は親愛の情に満ちているが、こんな反応をしている時だけは、少しだけ呆《あき》れを伴った視線をカリンは向ける。エリアスはただ笑うだけだ。

「お姉様ったら最近ずっとそんな反応だわ」

「カリンと殿下の婚礼衣装《こんれいいしょう》のデザインで張りきりすぎなんですよ」

その言葉にレナが勢いよく体を起こす。

「そりゃあ張りきりますよ!! だってカリンのドレスですよ！ それも婚礼用の!! ここで張りきらずにいつ張りきれと!? あああ時間が……時間が足りない！」

「結婚式《けっこんしき》はまだまだ先よ、お姉様。慌《あわ》てる必要なんてないのに」

「婚礼用のドレスは昔から考えていたでしょう？ それなのにまだ考えるんですか？」

「流行は常に変わっているんですよエリアス様。昔考えたデザインだと、今では古く感じてしまうものもあるから……カリンには最高のドレスを着せなければいけない……！」

クラウドのデザインもレナが引き受けてはいるが、熱の入れ方に差があるのは誰の目から見ても明らかだった。

これに関しては、元よりそうなる自覚があったためにレナは正直に事前に申告《しんこく》した。

「殿下の婚礼衣装のデザインをお任せいただけるなんて、これ以上の名誉《めいよ》はありません。ですが……その……絶対に、間違いなく、私はカリンのドレスを作るのに全力を注ぎきりますので！　殿下のデザインがおろそかになる未来しか見えません!!　ですので、どうか殿下のデザインは他の方へ！」

非礼にも程《ほど》がある。なんならこれが原因でカリンのドレスすら作らせてもらえなくなる危険性もあった。

しかしそれらは全て回避《かいひ》できた。

ひとえにクラウドがカリンにベタ惚《ぼ》れなのと、そんなカリンの世界の中心がレナであったからだ。

「何をおいてもレナを一番に優先する、それでもいいかと言われたんだ。だから、それでいいから結婚してほしいと申し込んだ」

カリンが自国の王太子にとんでもない話をしていた事実に、レナの意識が半分飛んだのは言うまでもない。

「カリンとエリアスからも色々と話を聞いている。貴女《あなた》の代わりになるなど、そんな無茶は言わない。だが、貴女と同じくらいカリンを守りたいと思っている。いや、守る。一緒に守らせてほしい」

色々、の部分がはたしてどこまで含《ふく》まれているのかレナには分からない。しかし、王太子の真摯《しんし》な眼差《まなざ》しを前にはそんなのは些細《ささい》なことなのだろう。

レナは大きく頷《うなず》いた。むしろ、彼以上にカリンを安心して任せられる相手は他にいない。

「——色々あって家族になりました。カリンは本当に大切な存在なんです。どうか……カリンを守って、幸せにしてあげてください」

レナの言葉にクラウドは力強く「まかせろ」と答えてくれた。

レナは顔中を涙でびしゃびしゃに濡《ぬ》らすほどに泣き、それは今も同じだ。思い出すだけで秒で涙が飛び出る。

「お姉様、また殿下の言葉を反芻《はんすう》して泣いているの？」

「良かった……ほんとうに良かったああああああ」

残る気がかりはエリアスのみ。

しかしエリアスならばすぐに素晴《すば》らしい伴侶《はんりょ》が見つかるだろう。

「レナ？　何か変なことを考えていませんか？」

「そうよお姉様、最近特に様子がおかしいってヘルガも言っていたわ……なにか気になることでもあるの？」

「だからカリンのドレスのデザインがですね!!」

あっぶな、とレナは慌てて誤魔化《ごまか》す。

エリアスもカリンも他人の表情を読むのが上手《うま》い。それは二人の幼い時の環境《かんきょう》が原因に他ならず、レナとしては到底《とうてい》許しがたい。何度、頭の中で鉈《なた》を振り回して義両親を追いかけ回しただろうか。それでも溜飲《りゅういん》が下がるわけでなし、レナの怒《いか》りはどれだけ月日が過ぎても治まりはしない。

とはいえ、腹の探《さぐ》り合《あ》いの多い貴族社会では、生きるために得たこの術《すべ》は少なからず役に立っているようだ。

だからと言って感謝する気持ちは欠片《かけら》もないし、こうやってすぐにレナの僅《わず》かな表情の変化も見つけてくるので困りもする。

結婚時に交《か》わした契約《けいやく》書にも書いてある、これは期間限定の関係であると。いずれエリアスに心から愛する人が現れた時には、その人と幸せになるようにと。

しかしエリアスはレナを妻として接し続ける。

恩人だからと大切にしてくれているのだろうけれど、レナにとっては最近それが——辛《つら》かった。

「レナ？」

急に押し黙ってしまったレナの顔を、エリアスが不思議そうに覗《のぞ》き込む。

「ちょっ……と、距離《きより》が近いですね！」

「夫婦《ふうふ》なのに？」

「家族であっても、適切な距離は保つべきかと！」

あえて言い方を変えたのがエリアスにも伝わったのか、ほんの少し怪訝《けげん》な顔をされてしまう。

「さては酔《よ》っていますね？　それはいけません、ほら、水を飲んでください」

「ありがとうございます」

露骨《ろこつ》な話題の転換《てんかん》ではあったけれど、レナの顔が赤く染まっていたのが功を奏した。

エリアスは単に照れていたが故《ゆえ》の発言と思ってくれたようで、それ以上踏《ふ》み込んだりはしなかった。言われるままに水の入ったグラスを受け取る。

そのおかげで、楽しい家族の団らんは無事に幕を下ろした。


レナにとってエリアスは夫であるが、それと同時に保護した子どもでもある。いや、比重としては保護した子どもという認識が今も一番だ。

保護者となった時点で、レナはエリアスにとって誰よりも安心できる存在になろうと決めた。

そのためには、絶対にエリアスに対して家族としての愛情以外――つまり、恋愛《れんあい》感情を抱《いだ》かないということが最も重要となってくる。

身勝手すぎる大人達の手によって、危うく身売り寸前となっていたエリアスだ。恋愛関係の延長線上にある行為《こうい》を、強制的に押しつけられかけていた。

そんな窮地《きゅうち》から救い出したはずのレナが、これでエリアスに対して恋愛感情を抱いてしまったら一体どうなるのか。彼を買おうとしていた相手と同じく、いつかエリアス自身を求めてしまったとして、彼に拒否権《きょひけん》はあるのか。

恩人だからと、エリアスは間違いなくレナの求めに応じてしまうはずだ。

エリアスを救ったはずが、結局同じ穴の狢《むじな》、いや、それ以下になってしまう。

だからレナはエリアスを家族として愛しても、絶対に異性としては愛さないと決めた。

自分自身に、そう誓《ちか》った。

だというのに、その誓いが辛いと思うようになってしまった。

エリアスは騎士としての仕事に訓練で日々忙《いそが》しいはずなのに毎月必ず手紙を送ってくれる。騎士となるべく家を出て以降ずっとだ。

初めの頃は新生活への戸惑《とまど》いや、レナとカリンに対する心配事が書かれていた。だが、そのうちに新しくできた同年代の友人の話や、訓練が楽しくて日々充実《じゅうじつ》していると明るい話題が増えていく。

それらを嬉《うれ》しく思いつつ、どんどんと成長していくエリアスに一抹《いちまつ》の寂《さび》しさをレナは感じていた。

子どもの成長を喜ぶ反面、巣立っていく姿に寂しさを覚える。

それは間違いなく家族へ向ける感情であった、この頃までは。

変化があったのは、エリアスが十八歳になった時。

彼の口調が「僕」から「俺」へと変わり、レナへの態度もこの時期からおかしくなった気がする。

ふとした時の距離が以前より近くなった。

レナの性格や容姿を殊更《ことさら》褒《ほ》め称《たた》えるようにもなり、そのたびにレナは真っ赤になるのを堪《こら》えるのに必死だった。

小さな青い石で縁取《ふちど》られた髪飾《かみかざ》りを贈《おく》られた時は特にすごかった。

「貴女に普段会えない分、俺の色を身につけていてほしくて」

口説かれているのかと勘違《かんちが》いしそうになるくらい甘い言葉が添《そ》えられ、レナはこの後になんと返事をしたかろくに覚えていない。

好かれているとは思う、家族として。

だがそこに、家族としての愛情以外のものが含まれているのだとしたら。

それはレナがエリアスに恋愛感情を抱いてはいけないのと同じくらい、彼にも抱かせてはいけないものだ。

義務感――レナに助けてもらったからには、生涯《しょうがい》をかけてレナに尽《つ》くさなければと、エリアスにそう思わせてしまったのかもしれない。

いくら口で「恩返しはしなくていい」と繰り返し伝えていても、それで「はい」と納得《なっとく》するのはやはり難しかったのだろう。生真面目《きまじめ》な性格をしているエリアスならばなおさらだ。

しかしそこまで理解していても、これ以上どう上手く言えばエリアスに伝わるのかレナには分からない。

結局、同じ言葉を繰り返すしかなかった。

そんな自分の不甲斐《ふがい》なさが原因で、『恩返し』という呪縛《じゅばく》からエリアスを解き放てずにいる。

いっそエリアスが独り身でいたいと思っていてくれたら良かった。

周囲からの煩《わずら》わしさを避《さ》けるために、レナとの婚姻《こんいん》関係を続けているというのであればそれで構わない。けれど、同じ騎士団の中で結婚している上司を見ては、羨《うらや》ましいなあと零《こぼ》していたと噂《うわさ》で耳にする。

やはり結婚自体に憧《あこが》れはあるのだろう。

ならば早急《さっきゅう》にエリアスと離婚《りこん》して、彼を自由にするべきだ。

しかしそうなると、カリンの結婚式を近くで見ることはできなくなるだろう。

そもそも参列さえさせてもらえなくなる。いくらドレスのデザインをしたとはいえ、庶民が王族の結婚式に並ぶなど土台無理な話だ。

せめてカリンの花嫁姿《はなよめ》は見たい。できるだけ近い場所で。

「ああ違《ちが》う、そうじゃない……そうじゃなくて……」

カリンの花嫁姿を近くで見たいのは本心だ。だが、今はそれを言い訳に使っている。

例え近くで見られずとも、カリンのドレスをレナが作れずとも、彼女が幸せになるのであればそこは涙を堪えて耐《た》え忍《しの》ぶくらいの覚悟《かくご》はある。

レナが自らエリアスとの離婚を進めようとしない一番の理由。

あまりにも単純明快な——彼を好きだという気持ちがあるからだ。

あれだけ異性として好きになってはいけないと自分自身に言い聞かせていたのに、レナはその誓約《せいやく》を守ることができなかった。

「だって無理でしょそんなの……あんなに素敵《すてき》な人を好きにならずにいられるわけがない」

性格も容姿も完璧《かんぺき》と言っても過言ではないエリアスだ。

そんな彼に、まるで恋人《こいびと》のような接し方をされて恋に落ちずにいられる女性が何人いるだろうか。少なくともレナは無理だった。

しかし、レナがエリアスへの気持ちを自覚したのはこれらが原因ではない。

ある年、帰省してきたエリアスは日頃《ひごろ》の疲《つか》れが出たのか珍《めずら》しくソファでうたた寝《ね》をしていた。

子どもの頃にも一度、こんな姿のエリアスを見たことがある。あの時と比べてすっかり大きくなったものだと微笑《ほほえ》ましく眺《なが》めていたが、このままでは風邪《かぜ》を引いてしまう。

薄手《うすで》の毛布をかけてやるべくレナが近づくと、寝ているにもかかわらずエリアスの眉間《みけん》には皺《しわ》が寄っていた。

薄《うす》く開いた唇《くちびる》からは微《かす》かに呻《うめ》き声も漏れており、どうやら夢見が悪いらしい。

せめて少しでも楽になればと、眠《ねむ》るエリアスの頭をレナは優しく撫《な》でた。

するとエリアスの青い瞳が薄《うっす》らと開く。レナ？　と呼ぶ声は寝ぼけているためかどこか幼い。まるで初めて出会った頃を彷彿《ほうふつ》とさせ、レナは「はい」と笑顔《えがお》で答えた。

エリアスは頭を撫でるレナの手に触《ふ》れ、そのまま自らの頬に引き寄せる。

「レナは……温かいですね……」

ポツリと呟《つぶや》いたエリアスは再び眠りに落ちた。

その時に見せた幸せそうな笑顔に、レナの心臓は見事に射貫《いぬ》かれてしまったのだ。

そして、なんだかんだと理由をつけて封《ふう》じ込めていた彼への恋心《こいごころ》が、一気にレナの中に満ちあふれた。

「でも、まだよ！　まだまだ、これから先があるわ!!」

エリアスに対して、保護者としての立場を貫《つらぬ》くというのはもはやレナにとっては意地である。

どれだけ恋心を自覚しようと、その葛藤《かっとう》で苦しもうともそこだけは変わらない。

「人間の感情だもの、そもそも制御《せいぎょ》しようとするのが無理な話よね。うん、だからもうこの気持ちは認めましょう」

自分はエリアスを一人の男性として好きであると。

「でも、だからこそ私は最後まで保護者として、エリアス様が幸せになる手助けをしないといけないのよ！」

エリアスを好きだという気持ちを抑《おさ》えられずとも、それを彼に押しつけるなど言語道断。

「好きな人だからこそ、誰よりも幸せになってもらわなきゃね!!」

結婚に憧れているのであれば、それを叶えてやりたい。

こんな歪《いびつ》なものではなく、正真正銘《しょうしんしょうめい》の、本当に好きな相手とする結婚を。

「きっとこれが失恋《しつれん》ってやつになるんだろうけど、それはそれ、どうにかなるはず！」

ろくに恋愛経験などないレナにとって、失恋の痛みは想像すらできない。

しかしそれでもまあ、浮気《うわき》された上に婚約破棄、からの腫《は》れ物扱《ものあつか》いされた過去を乗り越えたのだから、失恋の悲しみもいずれ平然と受け止められるだろう。

自分から離婚を言い出せないのが申し訳ないが、その分エリアスの幸せを全力で支えるので許してほしい。

頑《かたく》なにエリアスの保護者であろうとするレナの感情は、ある種の自己防衛だ。

エリアスに自分の気持ちがバレた時に嫌《きら》われたくない——。

だからレナは恋心を封じ込め、ひたすら保護者としてあろうとする。

まさかそのエリアスから、恋慕《れんぼ》の情を向けられているとは思いもしないで。

エリアスとカリンが幸せになる姿を見届ける。

二人と別れるのはその後でも遅《おそ》くはない……はずだった。

今すぐ荷物を纏《まと》めてこの国から出ていけ——さもなくば、命はない。

カリンと王太子の婚約が正式に発表されたその日から、レナの元に脅迫状《きょうはく》が届くようになった。

◆◆◆

最初はヘルガが持ってきてくれた朝刊の間に挟《はさ》まっていた。

なんの変哲《へんてつ》もない封筒《ふうとう》だ。しかし、宛名《あてな》にはレナの名前しかなく、差出人は無記名。

この時点でレナには予測がついていた。

悲しいかな、こういった嫌がらせの手紙をもらうのは初めてではなかった。

それこそ婚約破棄の騒動《そうどう》後はしばらく送りつけられていたし、王都へ来て店を構えるようになってからも度々《たびたび》届いていた。

まだ年若い女が一人で工房《こうぼう》を構え、あげく上流階級で人気を得ているのが気に入らなかったのだろう。

その時点ですでに財を蓄《たくわ》えていたレナである。こういうのは初手でどれだけ潰せるかが重要、と護衛と一緒に探偵《たんてい》も雇《やと》い、光の速さで犯人を捕《つか》まえた。

申し訳ないが生《い》け贄《にえ》になってもらうべく、徹底的《てっていてき》にやらせてもらった。おかげでその後は平穏《へいおん》無事な日々を送り、時折猫《ねこ》が引っ掻《か》く程度の嫌がらせが届くくらいでいた。

今回もそれらと同じであるはずだ。

一旦《いったん》はそう軽く考えたレナであるが、いや違うと即座に考えを改める。

そう、いつもは自分一人が気をつけていればすむだけの話だったが、今回に限ってはそうではない。あくまで宛名がレナであっただけで、脅迫の対象までがそうであるとは書かれていない。九割九分レナが狙《ねら》いであったとしても、残り一分の可能性——カリンが標的となっていないとは言いきれない。

考えすぎかもしれないが、今は状況《じょうきょう》が状況だ。カリンが王太子の婚約者となるのを憎々《にくにく》しく思っている貴族も多い。そんな連中が、遠回しにこういった行動に出ているとしたら。

レナを狙う過程で、カリンを巻き込もうとしているのかもしれない。

そういった可能性がある以上、いつもと同じ扱いにするわけにはいかない。

レナは急ぎ筆を執った。

ここは王太子であるクラウドを頼《たよ》る場面だ。それに、カリンが狙われる可能性があるのならば、それは最終的にクラウドにも及《およ》ぶかもしれない。

あまり事を荒立《あらだ》てるのは避けたい。そこを突いてどんな言いがかりをつけられるか。

可能な限り、カリンの周りは穏《おだ》やかであってほしいのがレナの切実な願いだ。

なので、とにかく内密に、というのをくどくどと書き綴《つづ》る。

幸い、婚約が決まってからというもの、カリンは王族としての教育を受けるために王宮で生活をする日が増えている。

犯人が捕まるまでは、理由をつけてそのままあちらにいてもらえばいい。クラウドの側《そば》が一番安全のはずだ。

そしてそのクラウドとは、婚礼衣装のデザインやら何やらで会う機会が増えている。

ちょうど、次に王宮へ向かう日が二日後に迫《せま》っていた。直接手紙を渡《わた》すことができれば確実だ。

「一緒に帰るのをカリンは楽しみにしていたけど……どう言って誤魔化そうかなあ……」

カリンが王宮へ行ったのは十日前。ドレスのデザインのために王宮へ上がったレナと一緒に帰宅する予定であった。

「上手い言い訳を殿下にも考えてもらおう」

ひとまずそう結論づけてレナはその日を終わらせた。

翌日、また脅迫状が届くかと危惧《きぐ》していたが、特に不審《ふしん》なものは届かなかった。王宮へ向かう日になっても、何事もない。

やはりあれは一度きりの嫌がらせにすぎなかったのだろうか。でも、万が一という場合もある。

「その万が一、が今回ばかりは最大級にまずいものね！　うん、用心するにこしたことはないのよ！」

レナは手紙を鞄《かばん》の中へと入れる。

しばらくすると、ヘルガが迎《むか》えの馬車の到着《とうちゃく》を知らせにドアを叩《たた》いた。

レナは部屋の中を見回して忘れ物がないかを確認《かくにん》し、まずは自分の仕事を遂行《すいこう》するべく部屋を後にしたのだった。


王宮で過ごすカリンはすでに王族の一員としての品があった。

王妃《おうひ》からも大層可愛《かわい》がられており、王妃自ら選んだというドレス姿のカリンはまさに美の女神《めがみ》だった。

「レナは、自分がデザインしたドレスでなくとも怒《おこ》らないのか」

「カリンの美しさと可愛らしさを引き立ててくれるものでしたら、ええ……でも一番カリンに似合うドレスを作るのは私ですけどね‼」

そこは絶対に譲らない。胸を張って言いきるレナに、クラウドは愉快《ゆかい》そうに肩《かた》を揺《ゆ》らす。

カリンはまだ王妃直々の礼儀《れいぎ》作法の授業中だ。その隙《すき》にレナはどうにかしてクラウドへ手紙を渡そうと考えていた。

が、まさかの本人がレナの待機している部屋へと訪ねてきたのだ。なんでも自分達が戻《もど》ってくるまでレナをもてなすようにと、これまた王妃自らのお言葉があったらしい。

王太子という立場が一体どんな仕事をしているのかレナは想像すらできないが、それでも決して暇ではないはずだ。だというのに、こんな自分なんぞの相手をしていいのだろうか。

ソファから慌てて立ち上がり礼を取りつつ、レナの顔には「王族って忙しいのでは？」と疑問が浮《う》かぶ。それがあまりにも露骨だったのだろう、クラウドは「もてなしという名目の息抜《いきぬ》きなんだ」と笑って教えてくれた。

なるほど大義名分に使われたわけである。

それでも王太子の息抜きに利用されるのであれば身に余る光栄だ。しかもレナにもとても大切な要件があるのだから。

「そう畏《かしこ》まらずにゆっくりしてくれ」

クラウドに促《うなが》されレナは再びソファに腰《こし》を下ろす。その向かい側に座るクラウドに、レナはそっと手紙を差し出した。

おや、と眉《まゆ》を軽く上げるもクラウドは黙《だま》って中身を取り出す。視線が文字を追うごとに、だんだんと眉間に皺が刻まれ、読み終えると同時に人払《ばら》いをした。

「詳《くわ》しく聞かせてもらってもいいな？」

「はい、是非《ぜひ》殿下にはお伝えしたく」

そうしてレナは話を始めた。

「――分かった、貴女の言う通りにしよう」

悪戯《いたずら》の可能性だってありはするが、その相手が王太子の婚約者の家族、ともなれば放置などできないのはクラウドも一緒だったようだ。

「巡《めぐ》り巡ってカリンに害が及ぶのだけは避けたい」

「はい。私もそう思います」

「しかし、エリアスには一言伝えておいた方がいいんじゃないのか？」

「それはもう少し詳しく分かってからで……」

「たしかにエリアスの強さなら、まあ自力でどうにでもできるだろうけど。アイツ、元とはいえ貴族で、騎士の道に進んでいるくせに、やたらと路上の喧嘩《けんか》も強いんだよな」

路上の喧嘩――つまりは、作法やら何やらのある騎士の戦いにあるまじき戦法も、場合によっては可能である、ということだ。

「どこで学んできたのかレナは知っているのか？」

「いいえ……少なくとも私が知る限りでは、騎士を目指す前のエリアス様はろくに喧嘩もできなかったはずですけど」

騎士になりたいと言われた時は、正直こんな線の細い少年に務まるのだろうかと心配だった。けれど、ずっと自己主張などしてこなかったエリアスが初めてレナに自分の希望を口にしてくれたのが嬉しくて、彼が望むのならば精一杯応援《せいいっぱいおうえん》しようと思った。

「おっそろしい速度でその夢を自力で叶えられたわけですけど」

そうやって自分で夢を叶えたエリアスは、今着実に己《おのれ》の人生を歩んでいる。

これまでずっと、あのろくでもない家族に苦しめられてきたのだ。どうかこのまま、明るく幸せな道を歩んでほしいとレナは心からそう思う。

「だから、可能な限りエリアス様にも心配になる要素は……」

「与《あた》えたくないというわけか。気持ちは分からないでもないが……そのことを知ったエリアスは拗《す》ねそうだな」

怒るではなく、いまだに自分はレナにとって頼りになる存在にはなれない、無力な子どもなのかと項垂《うなだ》れそうだ。

その後にチラリと不機嫌《ふきげん》そうな視線を向けてくるまでがいつもの流れで、そんなエリアスの子どもっぽい反応がレナの胸をときめかせていた。

昔と違い大人になったエリアスは格好いいの一言に尽きるというのに、時折子どもの頃の可愛らしさを見せるのだから卑怯《ひきょう》だとレナは思う。心臓がいくつあっても足りやしない。

ふと視線を感じて顔を上げれば、なぜか神妙《しんみょう》な面持《おもも》ちでクラウドが見つめてくる。

なんでしょう、と身構えてしまうのは庶民の性《さが》だ。

「いや……レナも相当にエリアスが好きなんだなと」

「それはもちろん！　私の自慢《じまん》の夫であり弟で息子《むすこ》ですからね!!」

すると今度は残念なものでも見るような眼差しに変わった。

あ、その顔、最近のカリンとそっくりですねとレナは思ったが口にはしなかった。


クラウドはレナの頼《たの》みを余すことなく聞き届けてくれた。

カリンもエリアスも相変わらず心穏やかに日々を過ごしていると聞くし、それだけでレナは一安心だ。

不審な手紙はその後も届くが、レナ自身にも密《ひそ》かに護衛がついている。それもまたレナを落ち着かせた。

とはいえ、すでに王家の方でも調べが入っているはずなのに、一向に脅迫状を送った犯人が誰なのかが分からないでいた。

護衛のおかげでレナやレナの周囲の人間へ危害が及ぶ事態は起きていないが、もしかするとそれが手がかりを減らしているのかも、などとじれったさから危険な考えまでが浮かんでしまう。

しかしそれは愚考《ぐこう》だとレナは頭の中から弾《はじ》き出《だ》した。

武術に心得のあるエリアスならまだしも、所詮田舎《しょせんいなか》で口喧嘩《くちげんか》くらいしか経験のないレナである。自ら囮《おとり》になって犯人をおびき出すなど無事ですむわけがない。

それよりもきちんと自分でできることをやるべきだ。

レナの手元には一通の手紙がある。差出人はここ数年で付き合いのできた隣国《りんごく》のドレス工房の社長、モニカ・フランシル。レナより十ほど年上の女性だが、店を構えたのはレナと同じ年だった。

アネッテ伯爵《はくしゃく》夫人《ふじん》の茶会で初めて出会い、互《たが》いが似た環境だと知るとすぐに意気投合した。

そんな気を許せる仲というのもあり、契約結婚《けいやくけっこん》やその他の事情はさすがに誤魔化してはいるが、いずれエリアスとは離婚をするつもりでいる話を酒の席でポツリと零してしまったことがある。

その時に彼女に誘《さそ》われたのだ、「もし離婚した時は、一緒に仕事をしましょうよ」と。

婚約破棄の次は離婚である。年齢《ねんれい》だって適齢期《てきれいき》と言われる年はとうに過ぎてしまった。

エリアスと離婚した後、今度こそちゃんとした結婚を、と望むのは不可能だろう。

「まあそもそも私が望んでもいないしね」

エリアスと結婚したのだってあの状況だったからだ。エリアスとカリンが普通《ふつう》に幸せな生活をしていたなら、今もレナは独身のままだったろう。

「私が近くにいたら、エリアス様もエリアス様の奥さんになる人も気まずいだろうしなあ」

王太子の婚約者、の元・義理の姉。なんとも扱いづらい物件ではなかろうか。

「不良債権《さいけん》っていうか、完全なる事故物件だわ」

腫れ物扱いされるのはごめんだ。なので、レナはモニカの提案に乗らせてもらうことにした。

エリアスと離婚した後は、隣国に移ってモニカと共に新しいブランドを立ち上げる予定になっている。

今日届いた手紙は、モニカに頼んでいたあちらでの新居の目星がついたとの連絡《れんらく》だった。

「レナはモニカ・フランシルと懇意《こんい》なのか？」

今日もカリンは王太子妃教育で忙しくしている。一緒に帰宅するどころか、王宮内で会う時間すらない。

エリアスもまた忙しいらしい。せっかくレナが近くにいるのに会えないのが寂しいと、二人からそれぞれ手紙が届く。

手渡《てわた》してくれたのは、すっかり王宮でのレナのもてなし係となったクラウドだ。

そんな彼が、レナへ問うてきたのは何度目かの打ち合わせの時だった。

レナの元へ届く郵便物は、不審なものが紛《まぎ》れ込んでいないか王家の調べが入る手はずになっている。

もちろんレナも了承《りょうしょう》済みであるので、差出人を把握《はあく》されていることに不満などない。

隣国で一番人気とされる職人の名前であるので、きっとレナがカリンの婚礼用のドレスのために力を借りようとしているのだろうと、そう思っただけの軽い問いにすぎない。

「えー、はい。そうです」

ただの世間話。それに、モニカの力を借りてカリンのドレスを作ろうとしているのは間違いではない。

モニカの工房が取り扱う生地《きじ》の中には、遠い異国から取り寄せている品もある。その繊《せん》細《さい》な美しさにレナは一目惚《ひとめぼ》れをして、どうにかしてカリンのドレスに使えないかと毎日デザイン画が増えているくらいだ。

だから、そのまま受け流せばそれで終わるだけの話だった。が、レナは隠《かく》し事《ごと》が壊滅《かいめつ》的に下手であった。

返事のわりには気まずそうなレナの表情を見たクラウドに突っ込まれることになる。

「事態が事態だ。正直に話してもらおうか」

「いえ……特にお話しするような中身でもありませんので」

「水くさいな、姉上」

「ちょっと！　やめてくださいよ！」

「カリンが俺の妃《きさき》となった時には、レナは姉になるだろう？」

「そうですけど……けど、そうはなりませんので‼」

「ほう」

王太子に姉と呼ばれるなど、ただの血の気が多くてキレた時に口が悪くなるだけの庶民には荷が重すぎる。

その重圧に余計なことまで口にした結果、さらにクラウドに追い込まれてしまい――ついにはエリアスと離婚するつもりでおり、その後はモニカの元へ行き共同で仕事を始める予定で、手紙はその打ち合わせのためであることまで喋《しゃべ》らされてしまった。

エリアスとカリンがレナの表情の変化に敏感《びんかん》なのは、二人の生《お》い立《た》ちによるものだとずっと思っていたけれども、クラウドにも筒抜《つつぬ》けであるので、これはどうやら単に自分が分かりやすすぎるのだなと、レナはようやく自覚した。

「お願いですクラウド殿下――私はカリンの幸せと同じくらい、エリアス様の幸せも願っています。このまま私と偽《いつわ》りの生活をしていいわけがありません。だから、このことはどうか、絶対に、二人には言わないでください」

クラウドにとってもエリアスは大切な友人である。険しい顔をしてレナを見つめてくるのは、頭では理解していても感情が納得できないのだろう。それでも彼は聡明な人物であるので、レナの気持ちも分かってくれるはずだ。

そうして王宮を後にしたとある晴天の日。まさかの事態が起きてしまう。

アネッテ伯爵夫人からの呼び出しは急なものだった。

いつもは事前に連絡をくれるというのに、とにかく来てほしいと使いの者に頼み込まれた。ちょうど抱えていた仕事の一つを終えたばかりで時間に余裕《よゆう》もあったので、レナは請《こ》われるままに応じた。

伯爵家の馬車に乗り込み、一路目指すは彼女の元——と、思いきや。

馬車から見える景色がいつもと違う。どうしたのだろうかと声をかけようとすると、突《とつ》然《ぜん》馬車が停《と》まった。

外では何やら複数の人間の声が聞こえ、これはいよいよおかしいとレナは外へ出た。

そこにいたのは不審者、ではない。黒を基調とした隊服は騎士隊のものだった。

しかしなぜ彼らがこの場にいるのか分からない。

戸惑うレナに、そのうちの一人が馬車を移るように声をかけてきた。庶民相手であっても紳士《しんし》的だが、有無《うむ》を言わせぬ圧がある。

「あの」

「大丈夫《だいじょうぶ》です。我々がお守りします」

守るって何から、だとか、そもそもどこへ連れていかれるんですか、などといった疑問は浮かぶものの、レナはどうにかそれを呑《の》み込んだ。きっと今尋《たず》ねたところで曖昧《あいまい》に誤魔化されるのが関の山。ならば大人しくついていくのが正解だろう。

レナと一緒に女性の騎士が乗り込んでくる。三人で周囲を囲み、そうして馬車は走り始めた。


移動中も特に会話はなかった。ただ、これが王太子からの指示であるとだけは教えてもらうことができ、それによりレナは一つ安心を得た。

カリンに何事か起きたのか、と思わなくもないが、それにしては騎士達が落ち着いている。ならば婚礼衣装について変更《へんこう》なりなんなりがあったのかもしれない。ただ、仮にそうだとしても随分《ずいぶん》とものものしいのが謎《なぞ》である。

そんな疑問を抱えつつ馬車はほどなく王宮へと到着した。すぐさま侍女《じじょ》がクラウドの待つ部屋へと案内してくれる。

「急に呼び出してすまない」

「アネッテ伯爵夫人に呼ばれて向かう途中だったのですが、何事ですか？」

「夫人にはこちらから話は通してある」

通された部屋はいつもクラウドと衣装の打ち合わせをする部屋ではなかった。

広さも調度品もさほど変わりはないが、なぜかこの部屋にはベッドが置かれている。

「しばらく貴女にはこの部屋に住んでもらう。外出は一切《いっさい》禁止だ。必要なものは一応揃《そろ》えたつもりだが、足りないものがあったら遠慮《えんりょ》なく言ってくれ」

あまりにもレナがベッドを気にしすぎていたためか、クラウドは早速《さっそく》説明をしてくれたが、その内容には突っ込みどころしかない。

「あの、殿下」

「犯人が分かった」

レナは思わず息を呑む。

犯人とは、すなわちレナへ脅迫状を送りつけていた何者かのことだ。

「今は逮捕《たいほ》へ向けて動いている最中だが、念には念を入れてレナにはカタがつくまでここにいてほしい」

「エリアス様とカリンは無事なんですか⁉」

「二人とも大丈夫。安全も充分《じゅうぶん》に配慮《はいりょ》しているから、レナは自分のことだけを考えてくれ」

レナの肩から力が抜《ぬ》ける。二人の安全が何よりも心配だった。だが、クラウドがそう言ってくれるのであれば、二人は確かに無事なのだろう。

「しばらく不便をかけるが……すまない」

「いいえ、殿下のお気遣《きづか》いになんと感謝したらいいか」

「遠慮するな、いずれ貴女は姉になる人だ」

「だからそれやめてくださいってば‼」

つい反射的に突っ込んでしまうと、張《は》り詰《つ》めていた空気も若干《じゃっかん》緩《ゆる》んだ。ようやく笑う余裕を取り戻したレナは、改めてクラウドに礼を言う。

「本当にありがとうございます、殿下」

「こういう形しか取れないことを許してくれ」

「私が一番狙われやすい存在ですから、これが確実な方法だと思います」

外出禁止というのはどうしても窮屈《きゅうくつ》さを感じてしまうが、軟禁《なんきん》されている場所は王宮の一室だ。こんな豪華《ごうか》な部屋で数日寝《ね》泊《と》まりできるのだから、これはこれとしてとても楽しいのではないだろうか。

「幸い、急ぎの仕事はありませんし。休暇《きゅうか》と思って楽しませてもらいますね」

「ああ、先程《さきほど》も言ったが必要な物があったら遠慮なく言うように。面会は無理だが、エリアスとカリンに手紙を出すならそれも取り次ごう」

「そうですね……仕事の都合でしばらく出かけるってことにします。それなら二人に心配かけずに済みますし！　工房も休みにしなきゃだから、ヘルガにも頼んで……早速文机《ふづくえ》をお借りしても？」

レナの言葉にクラウドは顔を顰《しか》める。二人に隠したままでいるのかと無言で責めてくるが、レナはあえて気付いていない態度を示した。

その意図を組んだのか、クラウドは一つため息をついて話を変える。

「なら便箋《びんせん》と封筒も用意させよう。そこに入っているのは味気ないものだからな」

クラウドは随分と筆まめで、カリンへ何通もの手紙を送っていたという話を思い出す。季節に合わせて便箋と封筒も変えていたそうだ。

「王族ともなるとそんなところにも気を遣《つか》わないといけないのねって驚《おどろ》いちゃったわ」

カリンはそう口にした後、「でも殿下がそうするから、私まで種類を変えなくちゃいけないから大変なの」とも零していた。まあこれはただの照れ隠しに他ならないが。

若い二人のなんとも微笑ましく、そしてちょっとばかりむず痒《がゆ》くなるやり取りは何度思い出しても顔がにやけてしまう。そうやって、にやにやとしていたのがまずかったのか、クラウドがわざとらしく咳払《せきばら》いをする。

「……二人に出す手紙なので別に凝《こ》ってなくてもいいと思いますけど……それか、殿下の使いかけのもので大丈夫ですよ？」

「新しいものを用意させる」

「え、もしかしてカリンを口説き落とすのに全部使ってしまったんですか？　でも先月もカリン宛《あて》に殿下から手紙が届いていたような……？」

「今の季節に合う分がないだけだ」

「という建前で、実は他人とは共有したくないだけだったりして？」

クラウドがカリン宛に使う便箋は特注品だと聞く。

カリンと手紙のやり取りをするためだけに、わざわざ。

それは言わずもがな、クラウドからカリンへ向けての特大の愛情故だろう。当然、独占《どくせん》欲も相当のもののはずだ。

家族であろうと、嫉妬《しっと》の対象となる。

「うちの子ったら愛されてる‼」

浮かれた気持ちをたっぷり含んだ、軽い冗談《じょうだん》のつもりで口にしたレナであるが、どうやら図星だったらしくクラウドの眉間に殊更皺が寄った。

王太子であろうと一人の青年だ。純情すぎる反応を前に、レナは「ひゃー！」と心の中で叫《さけ》ぶに止《とど》める。

「とにかく、まあそんなわけだレナ！　数日我慢《がまん》してくれ、いいな！」

「はい、仰《おお》せのままに」

クラウドは無理やり会話を終わらせた。そもそも忙しい身の上だ、こうやってレナとくだらない会話をしている暇などないはずだ。

「レナ」

「なんでしょう？」

「本当に……すまない」

「殿下？」

やたらと意味深な謝罪を残し、クラウドは部屋から出ていく。

この時のクラウドの表情がレナの頭から離れなかった。

しかし、これ以降レナの軟禁生活が開始されると、それどころではなくなった。

基本的にレナは一歩も外へ出ることができず、相対するのも世話係の侍女とメイドだけとなった。

これはしばらく大変そうだ、と初日こそ不安を覚えたが、何しろここは王宮の一室。べッドの寝心地《ねごこち》は最高で、レナはぐっすりと眠りに落ちた。部屋の隣《となり》にはなんと専用の浴室がついており、これまたレナを喜ばせた。

朝昼晩と部屋へ運ばれる食事はどれも美味であるし、普段は持ち出すことなどできない王家所有の本の閲覧《えつらん》もできる。

中でもレナを惹《ひ》きつけたのは、歴代の王族の服飾《ふくしょく》を纏めた一冊だ。他家へ嫁いだ王女達の婚礼衣装や夜会のドレスまで載《の》っており、レナは夢中になって読み漁《あさ》った。

そんな夢のような日々を過ごしていたおかげで、レナの軟禁生活は大変楽しく有意義なものとなる。

数日後、クラウドがレナの部屋を訪ねてきた。

てっきり手紙の中身についてかと思ったが、クラウドの表情からそうではないのだと伝わってくる。

「殿下がいらっしゃったということは、無事に終わったと思っても？」

「ああ……そうだ、うん、終わったと言えば終わった」

これほどまでに含みのある言い方があっただろうか。ええ、とレナは身構える。

クラウドの雰囲気《ふんいき》からして、エリアスとカリンに何かあったとか、そういった話ではないのは分かる。犯人を取り逃《に》がしただとか、そんな理由でもなさそうだ。

なんというか、クラウドの表情が、まるで隠し事をしているのを耐えきれない子どもにしか見えず、それが微笑ましくも感じるがそれ以上にレナの心をざわつかせた。

こちらにまで飛び火しそうな面倒事の気配を感じる。いや、むしろこれは飛び火ではなく、レナが面倒事の中心にいるのではないのか。

「え……え、ちょっと殿下!?」

「明日だ！　明日改めて話しにくる。今後を決めるのはそれからにしよう!!」

「今後って!?　今後ってなんですかクラウド様!?」

レナの叫びも虚《むな》しく、クラウドの姿は扉《とびら》の外へと消えてしまった。

嘘《うそ》、待って、まさかバレた？　とレナの脳内を一つの可能性が駆《か》け巡る。

いやでもあの話は私と殿下しか知らないし……まさか殿下が喋った……？　でも今回の件であの話が出ることってあるの……？

レナがモニカの元へ行く話は脅迫事件とは別物だ。会話の流れで喋ってしまうようなクラウドではないだろうし、しかしそうなるとレナにはクラウドが狼狽《うろた》えていた理由が他に思いつかない。

結局この日は何も手につかず、安眠《あんみん》を保証してくれるベッドに横になってもなかなか寝《ね》つくことはできなかった。

そうして迎えた翌日。レナは事の真相を知る。

まるで自分が尋問《じんもん》を受けているかの如《ごと》き圧迫《あっぱく》感。座っているのはふかふかのソファだというのに、固い床《ゆか》に直座りさせられている気分になる。

レナの目の前に座る相手はカリンだ。その背後にエリアスが立っている。カリンは目に見えて怒りを露《あら》わにしているのに対し、エリアスは一切感情の読めない顔でレナを見つめていた。

圧迫感はこの二人から発せられているもので、レナはガチガチに凍《こお》りつく。

「すまない、レナ」

カリンの隣に座るクラウドがそう口を開いた。

「俺が裏切った」

とんだ暴言。まさかの自白。

それによりレナは理解する――自分の目論見《もくろみ》が、全て二人にバレてしまったのだと。

第五章 兄妹からの恩返し（真）

「本当にすまない。せっかくの貴女《あなた》からの信頼《しんらい》を自らふいにしてしまったとは思っている。しかし、元からそういう約束だったんだ」

「……と、言いますと？」

聞きたいことは山ほどあれど、レナは思考が空回って何も浮《う》かばない。そこにさらにクラウドが混乱の種をばらまいていく。

「何をおいてもレナを一番に優先する、というのがカリンの婚約者《こんやくしゃ》になるための条件なのはレナも知っているだろう？」

はい、とレナは頷《うなず》く。クラウドだけではない、それ以前からも引く手数多《あまた》のカリンだったが、このとんでもない条件はその頃《ころ》から第一項《こう》として掲《かか》げられていた。

「実は、これの他にもう一つ条件がある」

「まだあるんですか⁉」

「そう。レナに関することは全てカリンとエリアスに話す――これが第二条件。この二つを守るのなら、俺の婚約者になってもいいと」

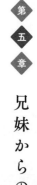

「カリンーっっっ⁉」

王太子相手になんたる暴言であろうか。レナの心臓は竦《すく》み上《あ》がる。

だが、当の本人は平然としたままの態度を崩《くず》さない。

「ちなみに条件を守ることができなければ、その時点で婚約は破棄《はき》の上、国外へ行くとまで言われて」

「だからカリン‼　あなた何を言って⁉」

さらなる追加にレナはさすがに卒倒《そっとう》しそうになる。夜会の場で婚約破棄を突《つ》きつけられた時でさえ、こんなにも動揺《どうよう》などしなかったというのに。

しかしここでもやはりカリンは平然としている。

それどころか、「お姉様が一番だもの」と言い放った。

エリアスは無言を保ったまま、首だけを動かし同意の意を示す。

だめだこれ、とレナは頭を抱《かか》える。二人の気持ちはとても嬉《うれ》しいが、それにしたって限度があるだろう。

ぐったりと項垂《うなだ》れるレナに、カリンはまるで幼子にでも言い聞かせるようにゆっくりと口を開く。

「王太子相手に婚約破棄だなんて、そんな暴挙に出てはお姉様だって仕事が大変になるでしょう？　だからもしそうなった時は、お兄様と三人で隣国《りんごく》にでも引っ越《こ》しをして心機一転、新しく工房《こうぼう》を構えましょうかって話をしていたの。少し事情は違《ちが》うけど、お姉様もそんな話をしていたのよね？　――モニカと」

ヒュッ、とレナの喉《のど》が鳴った。

全身から汗《あせ》が噴《ふ》き出《で》るというのに、身体《からだ》はガタガタと震《ふる》えてしまう。

「俺はカリン以外を伴侶《はんりょ》に迎《むか》える気はない。というか無理だ、絶対にカリンがいい。そしてエリアスも大切な友人だし、優秀《ゆうしゅう》な騎士《きし》でもある。そんな人間をみすみす国から出すなど論外だ。というわけで、完全に俺の私欲のためだけにレナの信頼を裏切った。すまん」

「あああああああ！」

これはひどい裏切りである。

しかしクラウドの気持ちもよく分かる。なんならレナだってその立場なら同じことをしていると思う。

そもそもの話、レナが二人に話しもせずに勝手に話を進めたのが悪いのだ。

だからこそエリアスもカリンも怒《おこ》っているし、そんな二人とレナの三人で一度きちんと会話をさせるべく、クラウドが裏切り者との誹《そし》りを受けてもこうやって場を設けてくれたのだ。

「……レナが思っているような、そんな立派な考えではないですよ。殿下《でんか》の裏切り行為《こうい》は、とにかくカリンを王太子妃《ひ》にしたいというただそれだけの理由です」

「ん？　なんだ？　レナは何かいい風に勘違《かんちが》いしてくれているのか？　それをわざわざ暴《ばく》露《ろ》する必要はないだろうエリアス！」

クラウドの突っ込みを軽く無視して、エリアスはレナの目の前に黒紐《ひも》で綴《つづ》られた書類の束を置く。

「話したいことはたくさんあります。ですが、まずはこれを見てください」

アインツホルン伯爵《はくしゃく》家《け》について——表題はそれだけだ。が、だからこそ続きを見るのが怖《こわ》い。この状況《じょうきょう》下で、二人の実家の名前が記された書類の中身など考えるまでもない。

レナに脅迫状《きょうはく》を送りつけていた犯人。

レナの中での最有力候補でもあったので、そこに関してあまり驚《おどろ》きはないのだが、何しろ束が分厚い。

これは余罪があった、というかむしろそちらが主軸《しゅじく》であり、レナが受けた脅迫がおまけ程度だったのではなかろうか。

震えそうになる指先に力を籠《こ》め、レナは一枚ずつ中身を読んでいく。

冒頭《ぼうとう》に書かれていたのは、やはりレナに脅迫状を送りつけていた犯人は彼らであったということだ。

実行犯は雇《やと》われた庶民で、すでにその人物も捕《つか》まっている。今は余罪を追及《ついきゅう》中であり、それらが判明次第《しだい》法による裁きが待っているそうだ。

そこまではいい。これでレナに関する危険の種は潰《つい》えた。

問題はその続きにある。

レナは自分の目が飛び出るのではないかと思った。それほどまでに、その文字列の与《あた》える衝撃《しょうげき》は凄《すさ》まじかった。

報告書の厚みは、貴族社会に蔓延《はびこ》っていた闇《やみ》。

子どもを搾取《さくしゅ》しようとする、腐《くさ》りきった人間の詳細《しょうさい》な悪事。

それらの罪状を調べ上げ、司法省に訴《うった》え、彼らを捕縛《ほばく》した者。

エリアス・シュナイダーとカリン・シュナイダー。

これは、あの日助けた幼い兄妹《きょうだい》が、十三年の歳月《さいげつ》をかけて自らの手で復讐《ふくしゅう》を成《な》し遂《と》げた証《あかし》であった。

エリアスとカリンの実父である、ウルツ・フォン・アインツベルン。

今から十三年前に、領地へ向かう途中《とちゅう》の馬車の事故で亡《な》くなっている。伯爵家が斜陽《しゃよう》に向かい出したのはこの時からだ。

これはあくまで事故である。事件性はない。その一年前に二人の実母が病で亡くなっているのも、ただの不幸な偶然《ぐうぜん》だ。

陳腐《ちんぷ》な物語であれば、このどちらかに第三者による意図的な思惑《おもわく》が働いているなどとして話が進むのだろうが、現実はそうではなかった。

そして、だからこそ物語以上に醜悪《しゅうあく》な事態を招く。


義父母となったマッテオとザビーネも、元から極悪人《ごくあくにん》だったわけではない。

他人より少しばかりずる賢《がしこ》い一面はあるにせよ、率先《そっせん》して悪事を働くほどの知恵《ちえ》も度胸も持ち合わせていない小物だった。

それが、名高い伯爵家の当主となり、その財産を管理する立場というおよそ身《み》の丈《たけ》に合わない地位に就《つ》いてしまったのが悪かった。

　二人とも見事に勘違いをし、財産を湯水のように使い始めたのだ。

　慣れぬ投資に手を出したかと思えば、いいカモだとばかりに博打《ばくち》に誘《さそ》われ財産を食い潰《つぶ》していく。そこにさらにザビーネの浪費《ろうひ》が加われば、どれだけ財を持っていようと伯爵家が傾《かたむ》いていくのは必至《ひっし》だ。

　マッテオは本来の後継《こうけい》者であるはずのエリアスの利発さが気に入らなかったようで、ザビーネの連れ子のカトルばかりを可愛《かわい》がった。

　そんな状況が続けば、エリアスに悪印象を抱《いだ》いていなかったはずのカトルもまた、だんだんと悪意を見せるようになり、カリンに対しては邪《よこしま》な眼差《まなざ》しを向けるようにまでなってしまった。

　それらの悪意から、エリアスは身を挺《てい》してカリンを守った。

　その健気《けなげ》な態度がまた、彼らの悪意を増長させ事態を悪化させるという負の循環《じゅんかん》が生まれてしまう。

　負債《ふさい》は膨《ふく》らむ一方だが返す手立ては特にない。

　場当たり的な対応しかできないマッテオとザビーネに、とある貴族が声をかけた。

　曰《いわ》く――そちらには、随分《ずいぶん》と見目麗《みめうるわ》しい小鳥が二羽《にわ》いるそうで、と――。

　欲しい、とは言わない。ただ、いつか貸し出してもらえたら嬉しいと言う。

あろうことか、そう望む貴族は他にもいた。

じわりじわりと水面下で話が広がるにつれ、中身は具体性を帯びていく。

会話の端々《はしばし》から推察される金額はかなりのもので、義父母は幼い兄妹にそういった意味での価値があるのだと、この二人を使えば返済がかなり楽になるのだと下劣《げれつ》な価値を見出《みいだ》してしまった。

貸し出す際の価格と期間を決め、まずは成人間近のエリアスから【貸し出し】を始めるかとなった頃——アネッテ伯爵夫人《はくしゃくふじん》の見合い話が飛び込んできた。

これまであまり交流のなかった夫人からの突然《とつぜん》の申し出。せっかくの金の卵だ、みすみす見合いに出すのはあまりにももったいないと、当初は断ろうとしていた義父母であるが、相手が庶民《しょみん》、しかも財産をかなり持っていると知るや、とりあえず試《ため》しに見合いをさせてみてもいいかと考えを変えた。

エリアスは社交の場の経験が乏《とぼ》しい。顧客《こきゃく》の前で粗相《そそう》をし、そのためにせっかくの機会を失いでもしたら大変だ。値引きされるのも避《さ》けたいし、何よりエリアスの価値が下がるのだけは絶対に防がねばならない。

自分達がエリアスを屋敷《やしき》からろくに出さなかったくせに、その点については都合よく頭の中から消えていた。

とにかく、練習台としてレナはちょうどいい相手だった。

庶民であれば、エリアスが多少失敗しても本来の目的に影響《えいきょう》は出ない。むしろ、どこに問題があるのかを事前に確認《かくにん》し、改善させることも可能だ。

何か問題が起きたとしても、貴族としての立場があるのだからどうとでもできるし、仮に問題なく話が進んだとすれば、富裕層《ふゆうそう》の庶民も顧客になるかもしれない。

そんな砂糖水を煮詰《につ》めてできたシロップよりも甘い未来図を思《おも》い描《えが》き、彼らはそれを実行した。

結果、まさかの展開を迎えたわけである。

義父母は急ぎ計画を変更《へんこう》せざるをえなくなった。

すでに予約はいっぱいで、顧客となった貴族達からは一体どうするつもりだと責め立てられる。

エリアスの分をカリンで取《と》り戻《もど》そうとしても、そのカリンの身柄《みがら》までも奪《うば》われてしまった。

ただ、ありがたいことに兄妹を強奪《ごうだつ》していった庶民から多額の支度金《したくきん》が支払《しはら》われた。

さらには、夫となる相手の実家だからと、定期的な資金援助《えんじょ》の申し出まであった。

その額は、どの顧客よりも高い金額だった。総額ともなれば文字通り桁《けた》が違う。

表向きは大事な子ども達の幸せのために、と二人を送り出す態《てい》を装《よそお》った。

その裏で、馬鹿な庶民だとほくそ笑《え》みながら義父母は次の準備に取りかかる。

幸い既婚者《きこん》となってもエリアスの人気は高いままだ。離婚歴《りこん》がついたところでその価値は変わらない。

少年期の儚《はかな》い魅力《みりょく》は成長と共に薄《うす》れてしまったが、青年となったエリアスは男性としての魅力《みりょく》に満ちあふれていた。

暇《ひま》と財を持て余しているご夫人方にある程度【貸し出し】たとしても、婿《むこ》にと求める貴族の家は多々ある。

顧客として抱えている中からすでに手が挙がっているくらいだ。

エリアスが自発的にあの庶民の女と離婚すれば良し、そうでないならば難癖《なんくせ》つけて別れさせればいい。カリンもその時に回収できれば、貸し出す商品は二倍となる。

子ども二人に必要な養育費を、物好きな庶民が全て肩代《かたが》わりをしてくれるのだ。

自分達は売れ時に手元に商品があれば支障はないので、むしろこんなにも楽なことはないだろう。

だが、ここでも思わぬ邪魔《じゃま》が入った。よりにもよってカリンが、王太子の婚約者になってしまったのだ。

本来であればこれほど喜ばしい話はない。

だが、夫妻にとってカリンはあくまで金を産む鶏《にわとり》と同じだ。しかも今が一番売れ時でもある。

だというのに、王太子が相手であれば話を断るなどできようはずもない。

返す返すもあの庶民が邪魔をする、と夫妻の怒《いか》りは頂点に達した。

これ以上あの庶民を生かしておいてもろくなことはないだろう。エリアスの価値的にも、離婚よりも死別の方が印象はいいはずだ。

だから夫妻は計画を立てた。

脅《おど》して国外へ追い出し、その途中で憎《にく》たらしい庶民を殺してしまおうと。

それが、自分達の破滅《はめつ》を早める事態になるとは露《つゆ》ほども思わずに。

🎀　🎀　🎀

「元からあいつらは潰すつもりだったの」

カリンの可愛らしい唇《くちびる》から、あまりにも似つかわしくない物騒《ぶっそう》な言葉が零《こぼ》れる。

ひえ、とレナは小さな悲鳴を上げた。

「証拠《しょうこ》も証言も揃《そろ》えてはいたので、消そうと思えばいつでもできました。けれど……カリンの結婚式《けっこんしき》が終わってからでもいいかと、そう話をしていたんです」

「……だ……誰《だれ》、と？」

エリアスとカリン、そしてクラウドの視線が交差する。

つまりはこの場にいるレナ以外は話が通じていたのだ。

一人だけのけ者にされていた。それがあまりに衝撃で、レナは思わず「ひどい」と口にしそうになる。が、まさに自分もエリアスとカリンに隠《かく》し事《ごと》をしていた。

責めるに責められず、かといって落ち着けるはずもなく、ただ唇をわななかせる。

「エリアスとカリンは一日でも早くあの連中を潰したい。俺はカリンと一日でも早く結婚したい。どちらを先にすべきかと話をして、とりあえず奴《やつ》らが完全にカリンに手を出せないようにしてからがいいだろうと、式を優先する方向で話を進めていたんだ。しかし――」

そこでクラウドは一旦《いったん》口を噤《つぐ》む。

エリアスとカリンの発する空気がとてつもなく物騒だ。

「ええと……」

その恐《おそ》ろしさに耐《た》えかねてレナは続きを求めた。

クラウドは大きく息を吐《は》き出《だ》すが、それがこの先の展開を物語る。

「奴らの標的が……レナ、貴女になったものだから」

「それはその、私に脅迫が……？」

グン、と室内の気温がさらに下がる。

クラウドが小さく頭を振《ふ》るので、ここでようやくレナは自分が脅迫だけではなく、命まで狙《ねら》われていたことに気がついた。

「すみませんレナ。何よりも優先すべきは貴女だったのに」

「お姉様ごめんなさい……本当にごめんなさい」

カリンの瞳《ひとみ》からポロリと涙《なみだ》が落ちる。そのまま一気に滝《たき》のように流れ、レナは慌《あわ》ててカリンの側《そば》へと駆《か》け寄《よ》った。

「泣かないでカリン！　それに謝る理由なんて何一つないじゃない！　エリアス様、あなたもですよ。お二人に謝罪されるようなことはこれまでだって、これっぽっちもありませんから！」

「でも……一歩間違《まちが》えたら……お姉様を」

「俺達の判断ミスで、危《あや》うく貴女を失う羽目になっていたかもしれない」

こんなにも険しい顔をしているエリアスをレナは見たことがない。

眉間《みけん》に深く皺《しわ》を刻み、握《にぎ》りしめた拳《こぶし》の内側には爪《つめ》が食い込んでさえいそうだ。

「かもしれない、じゃないですか。こうして私は無事ですよ。エリアス様とカリンと……あと、恐れ多くもクラウド殿下のおかげで……ええ、はい……無事です……」

ぐず、と鼻を鳴らしてカリンが見上げてくる。

すっかり淑女《しゅくじょ》として完璧《かんぺき》に振る舞《ま》うようになったはずのカリンだが、こうして見ると初めて会った幼子のままだ。

「俺は何もしていない。いや、何も、させてもらえていないから安心してくれ」

「……はい？」

涙を流すカリンを慰《なぐさ》めるのは本来クラウドの役目のはずだろうに、カリンは当然のようにレナにしがみつき、レナもまた「そうあるべき」と言わんばかりにカリンを抱きしめていた。

今更《いまさら》ながらにやってしまったな？　とレナは狼狽《うろた》えるが、引き剝《は》がそうにもカリンがそれを許してはくれない。

いやそれよりも、とレナは軽く逃避《とうひ》していた思考を戻す。

殿下は今なんと言った……と考えるのが空恐ろしい。

「ええと……殿下、は、何も……なさっていない？」

ああ、とクラウドは深く頷く。

「俺とカリンが出会ったそもそものきっかけをレナは知っているのか？」

「図書館でカリンが調べ物をしている時に、初めてお会いしたとだけ聞いていますが」

「ああ、なんだ本当に軽くしか知らないんだな」

レナの答えにクラウドも納得《なっとく》したようだ。

改めてそう言われると、レナの中にも疑問が湧《わ》いてくる。

調べ物——そうだ、カリンが何かを調べていたとは聞いた。しかし、それが一体なんなのかまでは、レナは知らずにいる。

まさか、と胸元《むなもと》に視線を動かせば、いまだに瞳を潤《うる》ませたままのカリンが花の咲《さ》くような笑《え》みを浮かべてこう告げた。

「あいつらのことを調べていたの」

「噂《うわさ》になっていたんだよ。飛び級で王立図書館の司書資格を取った才女が、ひっきりなしに書庫に籠《こ》もっているって。あげく、閉架《へいか》にまで入り込んで、隅《すみ》から隅まで本を読《よ》み耽《ふけ》っていると聞いてしまったらもう、一目見たくなるじゃないか」

働くことのできる年になったらすぐに役に立てるように。

そんな大義名分を掲げて図書館に入《い》り浸《びた》り、その大義通りに邪魔にならないよう仕事の様子をつぶさに観察するカリンは、あっという間に司書達の心を摑《つか》んだ。

元より年上には可愛がられるタイプでもあったので、司書達は暇を見つけては仕事を教えてくれたようだ。

それをカリンが嬉しそうに聞くものだから、事前指導はするすると進み、クラウドが様子を見に行く頃にはカリンはすっかり正規の司書と見間違《みまちが》わんばかりに動いていたのだ。

もちろん、まだ就労の年ではないので労働をさせるわけにはいかず、それは手伝いの範《はん》囲《い》を超《こ》えないものではあったのだが。

派手な仕事ではないし、目立つ何かがあるわけでもない。

そんな仕事を嬉々《きき》とこなしている少女――しかも、随分と可愛らしい。

クラウドに最初にそう告げてきたのは近侍《きんじ》の一人だった。

仕事は正確であるがとにかく噂好きで、そこが玉に瑕《きず》という侯爵家《こうしゃくけ》の子息。

クラウドは軽く笑って流していたが、だんだんとその少女の話が耳に入る機会が増えていった。

さらには、書庫に籠もって猛烈《もうれつ》な勢いで書物を読み漁《あさ》っているという。

話しかければ答えはある。だが、視線は一切《いっさい》動かさず頁《ページ》を捲《めく》る手も止まらない。

ちょっとした意地悪も兼《か》ねて、あえて雑談を振ってみても、それらは変わらずににこやかに相手をしてくれるという。

軽めのホラーじゃないか、と話を聞いた瞬間《しゅんかん》クラウドはそう思った。

そして次に、ほんの少しばかりその少女に興味が湧き、ついにはクラウド自ら図書館へ足を進めるに至った。

すでに閉館時間を迎え、職員も一人二人を残して帰宅しているそんな時間。

クラウドの顔を知っている司書には黙《だま》っているよう口止めをし、そっと噂の人物の様子を窺《うかが》った。

窓から入る夕日は薄暗《うすぐら》く、代わりに館内の明かりが灯《とも》る書庫の中。真剣《しんけん》な眼差しで頁を捲るその姿に、クラウドは目を奪われてその場に固まってしまった。

「それから何度か、暇な時に様子を見に行っていたんだが」

時折エリアスが迎えに来ることもあった。そうすると、この兄も含《ふく》めてしばらく書庫に引き籠もる。会話らしい会話もせず、ただ軽い手の動きと視線だけでやり取りをしているその様子に、クラウドは二人について調べるよう命令を出した。

「それってまさか」

レナはようやく気付く。

そうだ、書庫でひたすら何かを探している兄妹。そんなのどう考えたって……。

「この二人こそが不審《ふしん》者だろ？」

ごもっとも、とレナは頷くしかない。

自分が暢気《のんき》に楽しく二人をモデルにした服のデザインに興じていた頃、その二人は不審者として王族から調べられていたのだ。

「ところがだ、調べたところで不審な点は何一つない」

「当然です」

「あの頃は何もしていませんからね、まだ」

クラウドの言葉にカリンは胸を張って返し、エリアスは不穏《ふおん》な一言を添《そ》えて反論する。

レナは軽く目眩《めまい》を起こしそうだ。

「アインツホルン家の話も聞いてはいたが、それはあくまで領地経営が不振《ふしん》であるとか、そういった程度のものだったから……まさかこんな……」

財産を食い潰し、直系の子ども二人に身売りをさせようとし、ついには結婚した相手の殺害を目論《もくろ》むとは、クラウドでなくとも誰も気がつかないだろう。

「殿下は、いつ頃《ごろ》この状態をお知りになっ」

「最近」

クラウドの声が被《かぶ》さる。しかも若干《じゃっかん》不服げだ。

何故《なにゆえ》に？　とレナの頭上に疑問符《ぎもんふ》が浮かぶが、「何もさせてもらえなかった」との言葉を思い出して息を呑《の》む。

「まさか？」

「伯爵夫妻とその息子《むすこ》、あとレナを脅していた実行犯と他諸々《もろもろ》を捕まえるのに兵を動かしたのは俺だが、それだけの証拠と証言を揃えてきたのはこの二人だし、詳《くわ》しい中身を知ったのはその報告書を見てからだよ」

まさかの、である。言ってしまえば権力の象徴《しょうちょう》がすぐ側にいたのだ。利用しようと思えばいつでも利用できたであろうし、何よりもそれを当人が望んでさえいただろう。

しかし、この兄妹は絶対に権力に頼《たよ》ろうとはしなかった。

「むしろ俺が手を貸すのを禁じていたからな」

「……どうして？」

レナの口からポロリと零れた素朴《そぼく》な問いに、カリンとエリアスの声が重なる。

そうでなければ、意味がないからと。

「意味がないって？」

「レナが言ったでしょう？　俺とカリンをあいつらから助けてくれた時に」


——お二人がやりたいことを見つけてください

「だからね、お兄様と二人で相談して決めたの」

「自分達の手であいつらを完全に潰そうと。そうして、本当にやりたいことを実現しようって話し合って決めたんです」

ふぁーっっっ!!　とレナは声にならない叫《さけ》びを上げた。

まさか、あの時の言葉がこんな未来を描くことになろうとは。

「あれは……あれは二人に何か楽しくて素敵《すてき》なことを見つけて、幸せになってくださいねって意味で……！　決してそういう意味で言ったわけじゃないのに!!」

「はい、レナにそんな意図がないのは充分《じゅうぶん》理解しています。俺とカリンが、そうしたかったんです」

「わたしとお兄様のやりたいことのためには、どうしも真っ先にあいつらを完膚《かんぷ》なきまでに叩《たた》き潰すしかなくて。だから、苦手だったお勉強も頑張《がんば》ったのよ、お姉様」

「あ、そうなの？　カリンったら苦手だったの？　てっきり好きなのかとばかり……」

「お姉様のために頑張ったの！」

泣き顔から一変、眩《まばゆ》いばかりの笑顔を向けられレナは思わず目を閉じる。

「それで……二人の本当にやりたいことって……？」

義家族への復讐はあくまで通過点であるという。

レナからすれば、それこそが最終目標ではないのかと思うのに、二人にとってはそうではないらしい。

通過点にしては途方《とほう》もない労力を使ったはずだ。実際、エリアスとカリンは数年がかりでここまできている。

「お姉様と本当の家族になりたいの」

「貴女と、心から夫婦《ふうふ》になるためです……レナ」

ぎゃあ、と叫ばなかったのは奇跡《きせき》に近い。

エリアスからの直球の言葉にレナは全身を真っ赤に染めて固まった。

「あいつらが存在しているうちは、どうしたって貴女にとって俺達兄妹は【あの日助けた幼い兄妹】でしかないでしょう？　俺達がどれだけ成長して、貴女を守る力を得たとしても、保護対象としか見てくれないし……俺がどれだけ気持ちを伝えて、態度で示してもちっとも本気にしてくれない！」

エリアスと出会って、およそ初めてかもしれない恨《うら》みがましい視線を向けられる。

途端《とたん》、レナの脳裏《のうり》に浮かぶのはここ数年のエリアスとのやり取りだ。

口説かれているのかもしれないと、一瞬《いっしゅん》勘違いしそうになるくらいエリアスからの愛情表現は過剰《かじょう》だった。騎士団に預けていたら、とんだ軟派《なんぱ》になってしまったと思うくらいに。

それでも、てっきり恩返しの一つとしての言動だとばかり思っていたのだ。それがまさか、全部本気の愛情であったとは。

「俺は、好きでもない女性にあんな風に迫《せま》ったりはしません」

きっぱりと断言され、レナは「ですよね」としか返せない。

「あの……でも、それじゃあ……そのためだけに？」

「もちろん、単純にあいつらが邪魔だったのもあります。あいつらがいる限り、貴女とカリンにいつ危害が加えられるか分かったものじゃない」

そして実際に、レナの殺害は計画されていた。その情報を事前に入手できたおかげで、どうにか未然に防いだのだ。

「王家が動いていると知られないために、アネッテ伯爵夫人に頼《たの》んで貴女を呼び出してもらったんです」

その途中でレナを無事に保護し、夫人の馬車はそのまま伯爵家へと向かった。なので、彼らはあの時点でレナがすでに自分達の手の届かない場所にいるのを知らなかった。

さあどうやってあの愚《おろ》かで邪魔な庶民を消してやろうかと考えている間に、計画もろともエリアスとカリンに潰されてしまったのだ。

「わたしとお兄様だけだったら、別にあいつらがいてもいなくてもどちらでも良かったの。だってあいつらは愚かでしょう？　子どもの頃ならまだしも、大人になったお兄様と今のわたしなら絶対に負けないもの。本当に、どうでもいいの」

「けれど、貴女が関わるなら話は別です。あいつらがいるせいで俺とカリンは心から欲《ほ》しいものを手に入れられない。だから始末」

「あああああああ!!」

エリアスの言葉を最後まで聞く度胸がなく、レナは叫びで誤魔化《ごまか》した。

「安心しろレナ。たしかに物騒な言葉だが、あくまで比喩《ひゆ》だ。殺してまではいない」

「いえまったく安心できませんよね!?」

クラウドは必死にフォローを入れてくれるが、到底《とうてい》安心できるものではなかった。

二人の境遇《きょうぐう》を思えば殺意の強さは納得しかないのだが、そのきっかけというか発端《ほったん》というか、原因に自分がいるという事実。

ごくごく一般《いっぱん》市民のレナからすれば、話の中身が重すぎる上に、一度に明かされる情報が多すぎて濁流《だくりゅう》に呑み込まれるが如《ごと》しだ。

「レナ……」

「お姉様……」

ソファに沈《しず》むレナに兄妹のすがる声がかかる。

ゆるゆると身を起こせば、まるで捨てられた子犬のような眼差しでカリンが再度しがみつき、その側にエリアスが膝《ひざ》をついてレナの手を取る。

「わたし達のことが……嫌《きら》いになった？」

「いいえそれは絶対にないです」

レナは即答《そくとう》する。

話にドン引きはしてしまったが、それはあくまで話の中身の苛烈《かれつ》さについてだ。

本来であればそんな世界とは無縁《むえん》だったであったろう幼い兄妹に、復讐心を植えつけたのは彼らの義家族であり、それによる結果は向こうの自業自得《じごうじとく》でしかない。

いや、きっと、仮に、万が一、どうしたってありえないけれど――。

「私は、二人が例えどんな悪事をしたとしても、嫌いになんてなれないですよ」

初めは確かにただの庇護《ひご》欲でしかなかった。

目の前で悲惨《ひさん》な目に遭《あ》うと分かっている子どもを見殺しにはできない。

そうした時の自分の罪悪感に耐えられないという、そんな自己満足のために手を差し出しただけだ。

偽善《ぎぜん》と罵《ののし》られれば、甘んじて受けるしかない事実。

「それでも、私にとって二人はかけがえのない家族です。本当の家族になるために、って言いますけど、私はもうすでに本当の家族だと思っていますよ。むしろ、二人にそんな風に言われて悲しかったんですが」

半分は冗談《じょうだん》だが、半分は本気だ。

庇護目的だった兄妹は、レナの中では実家の家族と同じくらい大切な存在になっている。二人にどんな義家族がいようといまいと関係ない。

「ほら、エリアス様もいつまでもそうしていると膝が痛いでしょう？　隣《となり》にどうぞ。少し狭《せま》いですけど……」

カリンが横にくっついているのであまり動けなかったが、それでもレナはエリアスが座れるだけの位置にずれた。

しかし、エリアスは跪《ひざまず》いたままだ。

恭《うやうや》しくレナの手を取っていたエリアスの指がスルリと動く。

指先をゆっくりと絡《から》めていき、やがて掌《てのひら》が触《ふ》れ合う。まるで仲睦《なかむつ》まじい恋人《こいびと》同士が手を繋《つな》いでいるようだ。

ドキリ、とレナの鼓動《こどう》が跳《は》ねた。

それはもちろんエリアスとの触れ合いにときめいて――ではなく、なんだかいい雰囲気《ふんいき》だったのが突如《とつじょ》として不穏なものへと変わったからだ。

あとエリアスの浮かべる笑みが怖い。

「――じゃあどうして、俺達に黙って隣国へ行こうとしていたんですか？」

捕まった、と思ったのはレナの思い違いなどではなく、悲しいかな大正解であった。

🎀🎀🎀

「本当の家族だと思ってくれているなら、どうして俺達に一言も告げず、モニカ・フランシルの元へ行こうとしていたんですか、レナ」

「わたしの結婚式が終わったら、すぐに今の屋敷を引き払《はら》って引っ越しをする予定だったのよねお姉様？　お兄様との離婚届は殿下にお願いして、特例で受理してもらうようにして？」

新たな恐怖《きょうふ》にレナは息を呑む。

次いで、音が出る勢いでクラウドを見た。

クラウドは渋面《じゅうめん》のまま静かに頷く。

「俺が裏切ったと言っただろう」

「だからって！　そこまで話さなくてもいいじゃないですか‼」

レナはてっきり脅迫状について黙っていたのをバラされたと思っていたのだ。モニカの元へ行く話までバレているのも、まあ覚悟《かくご》はしていた。

ところがどうだろう、全部が全部筒抜《つつぬ》けすぎる。離婚届の件まで知られていたとは。

これはさすがにあんまりでは⁉　と涙目《なみだめ》で訴えるも、クラウドは「俺はカリンに嫌われたくないからな」といっそ清々《すがすが》しいまでに堂々としている。

「少しでも先に動けば鼻の利くお兄様にバレるものね。ま、お姉様は隠し事が壊滅《かいめつ》的に下手くそだから、ギリギリまで隠そうとしたのは正しいと思うわ」

レナがモニカの元へ行くには問題が二つあった。

住んでいる屋敷と、エリアスとの婚姻《こんいん》関係をどうするかについてだ。

屋敷を引き払おうとすれば、使用人のヘルガとルカの夫婦にも話を通さねばならない。

そのためレナは、くれぐれもエリアスとカリンには内緒《ないしょ》にするように頼み込んだ。

初めは渋《しぶ》っていた二人だが、最終的にはレナの思いを汲《く》んでくれた。

エリアスとの婚姻関係については、これはもう恥《はじ》を忍《しの》んでクラウドに頼った。

離婚が成立するまでは国外へ行くことはできない。

しかし、同じ屋敷どころかレナが国内にいる状態では、エリアスが簡単に離婚を認めるとは思えない。

となると、先にエリアスの手が届かない場所に行く方法しかレナは浮かばなかった。

特例として、レナが隣国にいる状態でも離婚が成立するようにクラウドに頼み込み、なんとか了承《りょうしょう》を得て行動に移したのだった。

……だというのに、肝心要《かんじんかなめ》のクラウドが全力で裏切っていたのだからいっそ笑うしかない結末だ。

「お姉様のことだから、自分がいたらわたしとお兄様の邪魔になるとでも考えていたんでしょう？　そんなはずないのに！　むしろわたしとお兄様の幸せのためにはお姉様が必要不可欠なのに!!」

「――レナ」

「……はい」

繋いだままの手は優《やさ》しいのに、正面から飛んでくる圧が強すぎてレナは震えてしまう。つい俯《うつむ》きそうになるが、そうすると今度はしがみついたままのカリンと向き合うことになるので逃《に》げ道《みち》がない。

元より、エリアスが視線を逸《そ》らすのを許してくれない。

それほどまでに、レナを呼ぶ声には力があった。

「俺は貴女が好きです。助けてもらったあの日から、とは言いません。今思えばあの時点で恋心《こいごころ》のようなものはあったと思いますが、それを自覚するには俺は幼かったし、そんな心の余裕《よゆう》もなかった」

妹を守り、生きることに必死であったのだから当然だ。

レナはコクリと頷く。

「あいつらを潰して貴女とちゃんと家族になりたいと願った時も、最初は貴女に対する恩義と、あくまで家族に向けての愛情でした」

しかし、自分が年を重ねていくごとにその思いは変化していく。

「俺とカリンに安らぎを与えてくれた貴女に、俺達も同じものを返したかった。それには絶対にあいつらを貴女の前から消し去る必要があって、だからそのために俺は騎士を目指して、カリンは内側から情報を得ることにしたんです」

「それで王立図書館に⁉」

一般市民を取り締《し》まるのは警邏隊《けいらたい》の仕事だが、貴族が相手であれば騎士団が動く。だからエリアスが騎士を目指したというのは理解できるが、一体どうしてカリンは……とレナは胸元へ視線を落とす。するとカリンはにこりと笑みを浮かべた。

「あいつらの手が届かないところで、そしてあいつら以外の貴族との繋がりが欲しいと考えた時に、一番手っ取り早いのが王立図書館の司書だって思ったの」

「……手っ取り早くで入り込めるほど、簡単な試験でも職場でもないんだがな……」

クラウドの突っ込みは静かなものであったため、カリンは華麗《かれい》に聞き流す。

「あいつら『顧客』の中には、かなりの高位貴族もいました。馬鹿正直に顧客リストを持ってもいたので、それを強奪できれば簡単ではあったんですが、さすがにそれは無理で……」

迂闊《うかつ》な義両親は夜な夜な顧客リストの所在の確認をしていた。

リストに書かれた名前には入れ替《か》わりがいくつかあった。

子どもが相手でなければ興味を持たない貴族の名は消されている。二重線による上書きだけなので、当然名前の判別は簡単だ。

真《ま》っ新《さら》なままの貴族の名前は、年齢《ねんれい》よりもエリアスとカリン自身に執着《しゅうちゃく》している者と、そして成長したからこそ興味を持つようになった者の名だ。

義両親にとって、このリストは諸刃《もろは》の剣《けん》だった。

表に出れば自分達が義理の息子と娘《むすめ》を売買しようとしていた証拠になる危険極《きわ》まりないもの。しかし、それと同時に、このリストに名を連ねている貴族にとっては切り札にもなる。

名前がすでに消えていようと、過去にそういった目的で子どもを買おうとしていた事実は残る。その醜聞《しゅうぶん》だけで、貴族にとっては大きな痛手となるのだ。

エリアスとカリンを貸し出したにもかかわらず支払いを渋られた時や、万が一裏切って自分達を告発でもしようとしたなら、その時はこのリストを公開すると脅してやればいい。

我が身かわいさで互《たが》いを監視《かんし》させる。囚人《しゅうじん》を繋ぐ芋《いも》づる式の首輪と同じだ。

なので、いっそ病的なまでに彼らはリストの存在を確認していた。

だが、そんなことを繰《く》り返《かえ》していれば、常日頃《つねひごろ》から義両親の様子を窺っていたエリアスとカリンは嫌《いや》でもその存在に気付く。

「あげく、俺達が寝《ね》ていると思って大声で話をしている時もありましたから。まあ……」

「相手が馬鹿で良かったって、この時ばかりはそう思ったわ」

天使の笑顔で悪魔《あくま》のようなことを口にするカリンは、やはり見た目だけは天使だなと、どこか現実逃避気味にレナは考えた。

それはさておき、そんな呪《のろ》わしくもありがたいリストの存在は兄妹にとっても取り扱《あつか》いが難しいものであった。仮に手に入れることができたとしても、まだ子どもの域を出ない二人では訴え出たところで揉《も》み消《け》される可能性が高いからだ。

「だから、リストに名前の載《の》っているやつらが他になにかしていないかを、わたしが内側から探すことにしたの」

「俺がカリンと出会ったのがその時だ。尋《たず》ねたところで当然はぐらかされるし、こっちで調べたところで特に何かが出てくるわけでもない」

それでも地道に交流を続けていくうちに、クラウドはこの兄妹が、少なくとも自分達の生家を窮地《きゅうち》に陥《おとしい》れている義家族に復讐しようとしているのだけは察することができた。

「手を貸すぞと何度も申し出たさ。でもそのたびにエリアスもカリンも首を横に振るし、あげく、最後には」

――邪魔をするな。二人はそう言い放ったのだ。

「殿下の力をお借りしていれば、たしかにもっとずっと早くにあいつらを潰すことができたと思うわ。でもそれだと意味がないでしょう？」

「それ……ずっと言っているけど、どうして殿下に協力してもらうのが駄目《だめ》なの？　こんなことを言うのはあれだけど……私としては全力で借りてほしかったわ！　そうじゃないと、二人とも危険な目に遭っていたんじゃないの!?」

レナはそれがずっと気がかりだった。

今回の顚末《てんまつ》の中で、二人は一度たりとも危険な目に遭わなかったのだろうか。

人を頼らず自力で成し遂げることは素晴《すば》らしいが、それは中身による。

一歩間違えればレナを失っていたかもしれないと二人は怯《おび》えていたが、そんなのはレナも同じだ。

だが、レナの心配もよそに二人は同時に冷笑《れいしょう》を浮かべた。

「あいつらにそんな知恵はないですよ」

「自滅《じめつ》のいい見本だったわ」

エリアスとカリンが探していたのは蟻《あり》の一穴――リストに名前が載っている貴族の弱みとなるものだった。

どんな些細《ささい》な不祥事《ふしょうじ》でもいい。それを見つけ出し、大穴になるまで広げ、そこに顧客もろとも義家族を突き落とす。

そのきっかけを必死に探していたのだが、これが笑えるほど簡単に見つかった。

「リーフェル子爵《ししゃく》はあいつらの顧客の一人で、カリンが一人遅《おそ》くまで図書館に籠もっているのを知って、声をかけてきたんです」

「正確にはご子息のミズロ様ね。以前から何度も声をかけてきてめんど……鬱陶《うっとう》し……困っていたんだけど」

「え、待ってカリン、まさかあなたそのくそ息子に何か……」

「大丈夫《だいじょうぶ》よお姉様！　昔お姉様が教えてくれた逆関節をキメてやったら一発で大人しくなったから！」

「大丈夫じゃないじゃないー！　はーっ⁉　うちのカリンに何してくれてんのそのくそ息子ー‼　ちょっと殿下！　今すぐ吊《つる》してやりましょう‼」

「落ち着け」

レナの剣幕《けんまく》にクラウドは呆《あき》れ顔《がお》を隠そうともしない。

「その時点でカリンには密《ひそ》かに護衛をつけていたから指一本触れさせてもいない。カリンに無理やり触れようとした時点で取り押さえた」

「じゃあどうしてカリンは逆関節なんて……っていうか、触れられてはいないのよね⁉ なのに逆関節キメちゃったの⁉　え、それって大丈夫なんです？　過剰防衛とかそんなので、逆にカリンが捕まったりはしませんよね⁉」

「俺の婚約者に手を出そうとしたんだ。それだけであの男が悪い」

「……その頃ってまだカリンは殿下とは婚約していないのでは？」

「正式な発表はまだでしたけど、殿下がカリンにベタ惚《ぼ》れなのは王宮どころか貴族の中ではすでに広まっていたので」

思わず突っ込みを入れてしまったレナに、エリアスからの説明が入る。

なるほど、ならばそれはいいとして、と今度はカリンへレナは視線を向けた。

その瞬間でも思い出したのか、カリンは忌々《いまいま》しげに叫んだ。

「だってあいつ、お姉様の悪口を言ったの‼」

クラウド直属の隠密《おんみつ》に捕獲《ほかく》されてなお、子爵令息は保身に走った。

その時に口にしてしまったのだ「あんな成金《なりきん》で平民女の養い子なんか、興味を持つわけないだろう！」と。

つれない態度をとるばかりのカリンに業《ごう》を煮《に》やし、所詮《しょせん》女など無理やり既成《きせい》事実さえ作ってしまえば後はどうとでもできると、そんな外道《げどう》の考えでカリンを襲《おそ》おうとしたのは誰の目から見ても明らかだった。

それでも言《い》い逃《のが》れる男は、軽々とカリンの地雷《じらい》を踏《ふ》み抜《ぬ》いてしまったのだ。

「取り押さえているはずなのに、どうやってか相手の腕《うで》を摑んで、見事に逆関節をキメていたぞ。なんなんだあれは」

「カリンはこの可愛らしさと美しさですからね！　護身術を教え込みました!!」

「お姉様の得意技《わざ》なの！　免許皆伝《めんきょかいでん》だってもらったんだから！」

誇《ほこ》らしげに胸を張るレナに、カリンははしゃいだ声を上げて抱きつく。だが、エリアスの冷めた眼差しとクラウドの咳払《せきばら》いにレナは我に返る。そんな場合ではなかった。

「そんなリーフェル子爵家の愚息《ぐそく》のおかげで子爵自身と話をする機会を得て、そこからは……話が早かったです」

にこりと笑うエリアスはまるで悪戯《いたずら》を告白する子どものようだ。

が、その中身が悪戯の域を超えているなど考えるまでもない。

「子爵からワギルム侯爵へいき、エルジャーン侯爵とミッツア伯爵、そしてクアンネフェルト公爵《こうしゃく》まで辿《たど》り着《つ》くことができました」

自己保身に走る彼らは同胞《どうほう》を次々と売っていく。

しかも、買おうとしていた商品自身が断罪しに姿を現すのだから、その恐怖たるや。

「でもその時点で問《と》い詰《つ》められるだけの証拠があったんでしょう!?　だったらわざわざそ

んな危険な……」

さらにエリアスの笑みが増す。

まさか、とレナは思わずクラウドに視線を動かした。

「エリアスは騎士よりも詐欺師《さぎし》の方が向いていると思う」

「レナの夫でいる以上、法に触れる真似《まね》はしません」

「突っ込みどころしかなくてどこから突っ込んだらいいのか分からないけど！　でもとりあえず突っ込むとしたらつまりはハッタリってこと⁉　ハッタリだけで突き進んでいったの⁉」

エリアスが挙げたのは貴族の中でも屈指《くっし》の名家として有名な名ばかりだ。

あげくそこに公爵家の名前まであった。ということは、公爵家までもがエリアスとカリンの客の候補であったのかと、レナの背筋は凍《こお》りつく。

それほどの権力者まで腐敗《ふはい》しているというおぞましさ。

そして、本当に危機一髪《ききいっぱつ》のところで兄妹を救うことができたのだという事態への安堵《あんど》。

レナは乱れる呼吸をどうにか落ち着かせようと深呼吸を繰り返した。

「ここまでくるともうエリアスとカリンだけの問題ではないからな、それから先は王家としても介入《かいにゅう》させてもらった。だが、お膳立《ぜんだ》ては全部二人にやり遂げられてしまったよ」

貴族の腐敗は王家の責任だ。ましてやそこに公爵家までもが関わっている。ここで判断を間違えると、王家の権威《けんい》が揺《ゆ》らぎかねない。

だが、クラウドが動く前にエリアスとカリンで全て話を進めていた。義両親を逮捕《たいほ》できるまでの中身を。

「足の引っ張り合いは彼らの得意技ですからね。それが自分の身を守るためともなると余計に力も入ったんでしょう、あっという間にあらゆる罪が出てきました」

冤罪《えんざい》だ！　と義両親は叫んでいた。実際取り調べのきっかけになったのは冤罪であった。

だが、その捜査《そうさ》の段階で本来の――子どもに身売りさせようとしていた事実が判明した。

いや、そうなるようにエリアスとカリンが仕向けた。

「でも……それじゃあ……」

レナは言葉に詰まる。あの家族がやろうとしていたことは断罪に値《あたい》するものだが、ではその他の人間は？

客として名を連ねていた以上、彼らも罪に問われるべきだ。

しかし、話の流れからいってもその罪は見逃《みのが》されたのだろう。それがどうしてもレナには納得ができなかった。

「レナ」

静かにクラウドが名を呼ぶ。

レナが顔を上げれば、クラウドは大きく息を吐きながら首を横に振った。

「この二人がそんな殊勝《しゅしょう》なわけがないだろう」

「……え」

「わたしとお兄様はあいつらをどうしても潰したかったら、たしかに取引はしたわよ？

でもそれはあくまでわたしとお兄様とだけの取引でしかないもの」

「え」

「アインツホルン家の現当主……今はもう前当主ですが、彼らについて俺とカリンが調べた報告書を見た殿下が、どうするかはまた別の話です」

ということは、つまりは、取引に応じて義両親を売った貴族連中を、エリアスとカリンはさらに王家へ売ったということだ。

「ひえ」

「凄まじい怨嗟《えんさ》の嵐《あらし》だったぞ……なのに二人とも……いや、さすがの胆力《たんりょく》だと惚《ほ》れ直しもしたが……それにしたって……」

裏切り者、と罵る貴族達に対し、エリアスとカリンは眉《まゆ》一つ動かさなかった。

「そもそもからして間違っているのよ。わたしとお兄様にひどいことをしようとしていた連中との約束を、どうしてわたし達が守ると思ったのかしら」

「俺もカリンも味方だと言った覚えはありませんしね」

「おかげさまで、腐敗貴族の一掃《いっそう》に成功したから……こちらとしても言うことは何もない」

あの日助けた幼い兄妹は、レナが知らない間に随分と苛烈に育っていたようだ。

❀ ❀ ❀

「はい！」

「お姉様」

「レナ」

改めて二人に呼ばれ、レナは反射的に背筋を伸《の》ばして返事をする。

なんだか名前を呼ばれるたびにこんな反応をしているなとも思うが、呼ばれた後に衝撃の事実が何度も飛び出るものだからつい身構えてしまう。

「あいつらに罰《ばつ》を与えることは俺達ではどうしてもできませんでした」

「そうですね！　それは司法にお任せしないといけないものだから、むしろエリアス様とカリンが与えていたら大問題です!!」

「でも罰を受けるところまではわたしとお兄様の二人で押し込んだの!!　あいつらのところの馬鹿息子だってそうよ！」

エリアスとカリンにとっては一応義理の兄となるカトル。彼は両親とは別にして投獄《とうごく》されている。

彼らの計画自体にはカトルは関わっていなかった。

だが、アインツホルン家の資産を博打ですり減らし、その返済のためにと違法《いほう》な薬物の売買に手を染めていたのだ。

他にも窃盗《せっとう》や強盗《ごうとう》の余罪もあり、そしてこちらは仲間の自白と被害者《ひがいしゃ》からの申し立てによりすでに罪が確定している。

もはやカトルに今後貴族として生きていく道はないだろう。

「うん、できればそこも是非《ぜひ》とも司法っていうかせめて殿下のお力を借りてほしかった！　けど素直《すなお》にすごいと思います！　さすが私のカリンとエリアス様です‼」

「レナ！」

「はいぃっ⁉」

ずっと繋がれたままでいた手が引かれる。そのタイミングでしがみついていたカリンが離《はな》れれば、レナの身体はエリアスの腕の中に閉じ込められた。

「あの日助けてもらった小さなエリアスとカリンは、貴女のおかげで後顧《こうこ》の憂《うれ》いを絶つことができるまでになりました」

「そ、れは、私のおかげなどではなく、二人の力で」

「はい、そうです。俺とカリンの二人だけで成し遂げました」

あ、しまったと思った時にはもう遅かった。

言質《げんち》は取ったとばかりにエリアスがさらに詰め寄る。

「俺もカリンも、もう貴女の庇護が必要な子どもではありません。自力で問題を解決できると、貴女も分かってくれましたね？」

圧が強いし話もくどい。それによりようやく、やっと、遅まきながらレナは気がつく。

「もしかして、殿下の力を借りるのを意地でも断っていたのって……」

「助けを必要とせず、自分の力で問題を解決して、これから貴女を助けていけるだけの力と立場を手に入れました。だからレナ、俺と――結婚してください！」

真っ直《す》ぐに射貫《いぬ》いてくる視線と言葉。そこに込《こ》められたあふれんばかりの想《おも》い。

レナは身体中の血液が一気に顔に集まるのを自覚する。

「俺とレナは結婚しているのですでに夫婦ではありますが、それはあくまで形式的……俺とカリンを助ける手段として、貴女が身を挺してくれただけのものだ。いえ、俺はもうずっと前から、始まりはそうだとしても、貴女を一人の女性として愛していましたし、貴女以外を妻にしたいとは思っていません」

「ちょ……っと、待って……エリアス様、待ってください」

制止の声を上げてもエリアスは止まらない。さらにレナを追い込んでくる。

「でも貴女はそうじゃないでしょう？　今もそうやって、エリアス様と呼ぶことが多いのは、貴女にとって俺はあくまで庇護対象で、いずれ他の女性と結婚させなければと、そう思い込んでいる」

「それは……！」

その通りだ。レナにとって二人は庇護の対象である。

ずっと守ってやりたいという気持ちはあるが、より強い相手が守ってくれるというのであれば、レナは喜んでその手を離すつもりでいた。

カリンはこの国で誰よりも強い相手が守ってくれることになった。

エリアスは物理として守る力を己《おのれ》で持ち合わせているが、その立場は脆《もろ》い。

そこを補ってあまりある、そしてできれば、エリアスを心から大切に思ってくれる相手を、レナは渇望《かつぼう》して止《や》まない。

「今回の件で、アインツホルン家は取り潰しになります」

「え⁉　そんな、だってエリアス様が」

「本当の両親や、先祖に悪いと思わなくもないですが、それでも俺とカリンにとってあの家の名前はもう口にしたくもない。古い家の名に固執《こしつ》して、それを残すためにと金策に明け暮れて、それがいつしかこんな事態を招いたのもあります。だからもう、あの家は潰してしまった方がいい」

レナとしても正直なところ、この話に同意しかない。しかし、それでも貴族の名はそれだけで力を持つ。

　ああでもろくでもない結果となった家の名前ならいっそ継《つ》がない方がマシ……いやでもそうしたらカリンが伯爵令嬢から庶民になっちゃう！　庶民出の王太子妃だなんて貴族どころか一般市民からも認めないとか言われ……あ、そこは殿下がしっかり守ってくれる？とはいえしなくていい苦労ならしない方がいいし……けど、口にしたくもないって言っているからやっぱり……とレナの思考はぐるぐると駆け巡《めぐ》る。

　だから、続くエリアスの言葉を理解するまでにかなりの時間を要した。

「そして、シュナイダー家が伯爵位を賜《たまわ》りました」

「えっ⁉」

　ぶおん、と風を切る音が聞こえそうな勢いでレナは頭を動かした。

　視線の先はクラウドで、彼は一言「当たり前だろう」と軽く返す。

「貴族社会に蔓延っていた悪の根をたった二人で根絶させたんだ。王家からの褒美《ほうび》としてはむしろ足りないくらいだろう」

　一旦、王家預かりとなるアインツホルン家の領地は、そのままエリアスを当主としたシュナイダー家にすげ替える予定でいた。だが、それをエリアスが断ったのだ。

「これまで一度だって領地の経営について学んだことなんてありません。そんな人間にいきなり領主だと言われても、そこに住む人々だって困るでしょう。ただでさえあいつらのせいで領民は苦しんできています。少しでもあの地に住む人を思ってくださるのなら、まっとうな領地経営のできる方を領主にしてください」

クラウドのみならず、国王夫妻との謁見《えっけん》の場でエリアスはそう告げた。

それにひどく感銘《かんめい》を受けた国王は、領地と領民を持たない栄誉職《えいよしょく》としての伯爵位を授《さず》け、莫大《ばくだい》な報奨金《ほうしょうきん》も与えた。

「一代限りの爵位ですが、王太子妃となるカリンを守るには充分かと」

カリンの後ろ盾《うしだて》になるには、アインツホルン家の名は最早《もはや》地に落ちている。それならば、なんの歴史もない一代限りのシュナイダー家の名の方がまだマシというものだ。

「むしろシュナイダー家の名声はこれからどんどん大きく広がっていくはずだ。自《みずか》らの手で復讐《ふくしゅう》を果たしただけでなく、貴族社会の澱《よど》みを一掃《いっそう》した英雄だからな」

「過分な称賛に恐れ入るばかりです」

微塵《みじん》もそう思っていないのはエリアスの顔を見れば明らかだ。

クラウドは「はあああ」とわざとらしいくらい大きなため息をついた。

「丸々全部が嘘《うそ》だとは言わないが、エリアスが領地を断ったのは単純に面倒《めんどう》くさいだけだろう？　それをさも領民のためだとかそんな……」

「嘘ではありませんよ」

「だから全部がそうだとは言わない、って言っただろう！　面倒なのと、とにかくレナのいる王都から片時も離れたくないからって！」

ぶわぁっ、とレナの体温がまたしても上がる。このまま身体中の水分が蒸発してしまうのではないかと錯覚《さっかく》するほどに、全身が羞恥心《しゅうちしん》に支配されて堪《たま》らない。

「レナ」

エリアスのもう片方の手がレナの腕を摑む。それはまるですがりつくようで、見上げてくる顔は捨てられる寸前の子犬と同じにさえ見える。

いや、この表情はあの時――レナとエリアスが初めて出会った見合いの席での顔と重なる。ぎゅううん、とレナの心臓が軋《きし》みを上げた。

庇護欲と家族愛、そして純粋《じゅんすい》に自分を慕《した》ってくれるその想いに、久しく沈黙《ちんもく》していたレナの乙女《おとめ》心が盛大《せいだい》に反応する。

「俺とカリンで人生においての敵は倒《たお》しました。カリンはこの国で誰よりも強いであろう人物を伴侶としますし、俺は爵位《しゃくい》を得たので自分と、これから王太子妃になるカリンの立場の補強もできます。今回の件で国王陛下から褒美もいただきました。これで、貴女がこれまで俺とカリンのために使ってくれた費用も全額返すことができます」

「いいえ、それは違いますエリアス様。私があなたとカリンに使ったのは養育費。子どもに当然使うべきものですし、それを返済だなんて……ろ、老後の面倒を看《み》てもらえたら」

「もちろん看ます。でもそれは貴女と親子だからじゃない。夫婦だから看たいんだ」

レナがどう逃げてもエリアスは追いかけてくる。

「俺が貴女を好きだと言っているのは、昔の恩義を感じているからだと考えているでしょう？　だから、俺とカリンに使ってくれた費用を返済するのは、まずはその恩を返してゼロに戻してからだと思ったんです」

さらには、レナがずっと胸《むね》の奥底で抱えていたものさえも暴いて、そして潰していく。

「貴女に助けられた恩を、恋慕《れんぼ》の情と勘違いしているわけでもないですから」

ぐ、とレナは言葉に詰まる。

レナがエリアスの言葉を素直に受け入れられない理由の一つ一つを、彼自らが丁寧《ていねい》に潰していく。

「極限状態の中で助けてくれた相手に依存《いぞん》して、その想いを恋愛《れんあい》感情だと勘違いするのはたしかにあると思います。初めの頃の俺にその気配が微塵《みじん》もなかったとは言いません。けれど、あれから六年経《た》ちました。その間に俺個人としても色んな人間と交流をしてきたつもりです。その中にはもちろん女性もいます。でも……それでも、俺の中で貴女以上に愛《いと》しいと思う人はいなかった」

さすがにエリアスも恥《は》ずかしいのか、目元が薄《うっす》らと赤く染まっていく。だが、それは余計にエリアスの色気を際立《きわだ》たせるものだから、レナとしては正視してなどいられない。

できることなら目を閉じたい。

それが無理ならせめて顔を反らさせてほしい。

しかし、エリアスの気迫《きはく》の前では指先一つ動かすことができず、結果としてレナはエリアス以上に顔を真っ赤に染めて猛烈な愛の言葉を受けるしかなかった。

「去年ようやく、俺とカリンを助けてくれた貴女の年になりました。その時に改めて痛感したんです……今の俺だとしても、貴女のように見ず知らずの子を助けるなんてできないと」

「そ……それは！　あの時も言いましたし、これに関しては何度だって繰り返しますけど!!　あくまで私の自己満足にすぎません。むしろ、私の自己満足に付き合わせたせいで、もしかしたらもっと他にいい未来があったのを、潰してしまっていたかもしれない」

そう、だから、とレナは必死に自分の中で溢《あふ》れ返る気持ちを言葉に変える。

「エリアス様が私を好きだというのも、私の自己満足に付き合わせたせいで生まれた勘違いからの派生であって」

「だからさっきも言いましたよね、この六年で俺も人間関係を広げたけど、それでもレナが好きだという気持ちに変わりはないと。むしろやっぱり勘違いなんかじゃなくて心の底から好きだと自覚しましたって」

あれ、とレナは無意識に逃げ腰《ごし》になる。

自分が感じている以上にエリアスからの想いが強い、というか重い、というか……。

「無意識の初恋《はつこい》が六年前だとして、ほんのり自覚したのが五年前、はっきりそうだと確定したのが四年前で後はそこからずっと、ずうううううっとお姉様一筋の拗《こじ》らせ男の執着よ。舐《な》めない方がいいと思うわお姉様」

「今改めて告白したところでどうせ勘違いだのなんだので逃げられる、なんなら婚姻関係の解消までされるかもしれないって、だからひたすら自分の気持ちを煮詰め続けた上で、逃げられないようにって外堀《そとぼり》をガッチガチに固めるような奴だ。レナ、諦《あきら》めろ」

「え、待ってください、なんだかものすごい勢いで不穏な感じになってきてませんかこれ⁉」

ほんの一瞬前まで漂《ただよ》っていた気がするセンチメンタルな空気は霧散《むさん》している。いやもしかしたらそんな気がしていたのはレナだけだったのかもしれない。

それほどまでに、他の三人の様子がレナと違いすぎる。

え、これって私だけがそんな雰囲気になってたの？　と疑問符が浮かぶ中、クラウドはもはや何度目になるのか分からないため息をつく。

「貴女と対等な関係を手に入れて本当の意味で自分達のものにするためだけに、諸々を計画して実行して成功させる兄妹の執念《しゅうねん》というか執着というか……うん、なんだ、ほら、まあ……」

「半端《はんぱ》な言い方やめてください！」

「レナはどうしても俺を受け入れるのは無理ですか？　自分でもかなり拗らせているとは思います。執着、もしていると……貴女が好きだからというその気持ちだけですが……はい、向けられる方としては重いし怖いかもしれないと……分かってはいる、つもりです」

ううう、とレナは天を仰《あお》ぐ。

ここまでとんでもない量の情報と感情の濁流に呑み込まれて、いっぱいいっぱいではある。

が、しかし、だからといってエリアスに対して恐怖だとか、ましてや嫌悪感《けんおかん》など微塵も湧いてこない。それがレナにとっては問題であるし、そしてこれが答えでもあった。

「じ……自己満足で助けた子どもを好きになっちゃうなんて……結局私も捕まった人達と同類……」

「違う、貴女はあんな奴らと同じなんかじゃない」

「そうよお姉様。お姉様はずっと、わたしとお兄様を助けてくれた頃と何一つ変わっていないもの」

「貴女が俺を好きになってくれたのは、そうなるように俺が必死に努力したからです。だから、貴女はまんまと俺に捕まっただけですよ」

あまりにも傲岸不遜《ごうがんふそん》な物言いであるけれど、レナに向ける眼差しはどこまでも優しい。

あげく、視線が交わった瞬間にふにゃりと笑うものだから、レナも自然と笑みが零れた。

「今はまだ、気持ちの整理がつかないと思います。俺もやっと貴女と同じ立場に立てたところです。だからレナ……俺と、結婚を前提にお付き合いをしてください」

お互い愛情を育む過程をすっ飛ばしての結婚だった。だから、まずはそこからもう一度始めてください、とエリアスは摑んでいた手を離した上で、改めてレナに手を差し出す。

こういうところまで含めて、全部先回りをして逃げ道を断《た》つエリアスに、レナはやはり嫌悪よりも喜びが先にくるのだから自分も相当に彼のことが好きなのだなと、ようやく長年押し込めていた感情を解き放った。

「はい、よろしくお願いします——エリアス」

答えと共に、レナは自分の手をそっと差し出す。

「一生を懸《か》けて、貴女を幸せにします、レナ」

エリアスは蕩《とろ》けるような笑みを浮かべてレナの手を取ると、恭しく掲げ、手《て》の甲《こう》に誓《ちか》いの口づけを落とした。

第六章 兄妹の実情

エリアスにとってあの見合いの日はまさに運命の出会いであった。

義両親によって、完全に『大人』という存在に絶望していた中に突如《とつじょ》として現れたレナという存在。「子どもを助けるのは大人の責務」と言われた瞬間《しゅんかん》、どれほどエリアスの心が救われたかレナは知らない。

エリアスの心は疲《つか》れきっていた。

誰《だれ》かに守ってほしい。物心ついた時にはもう周囲の大人は敵だらけで、警戒心《けいかいしん》だけで生きていくのが何よりも辛《つら》かった。

だから、今なら、この人になら少しだけと、何度レナの前で泣きすがりそうになったか分からない。

だが、エリアスにはそれはできなかった。

自分より幼くて弱い、何よりも守りたいカリンがいたから。

数日過ごせば、少なくともレナとレナの使用人夫婦《ふうふ》が自分達にとって害がないのは理解できた。しかし、彼女達は無害であっても、その他はどうであるのか。人の悪意はじわじわと広がる。

レナ達のすぐ近くは大丈夫《だいじょうぶ》でも、少し離《はな》れた場所にいる人間は？

レナは貴族との繋《つな》がりもある。そのおかげで自分達は出会うことができたのだが、貴族こそがエリアスとカリンにとっては脅威《きょうい》でしかなかった。

そんな貴族が、いつレナの前に姿を見せるか。

貴族相手であれば、それらを商売相手としているレナでは太刀《たち》打《う》ちができないだろう。

いつ、自分達を邪魔《じゃま》だと思うようになるか分からない。

助けてくれた恩は確かにある。自分やカリンに対してとても誠実に接しようとしてくれているのは涙《なみだ》が出るほどに嬉《うれ》しい。

見合いの席でエリアスの境遇《きょうぐう》を知った時に『大人』として怒《おこ》り、嘆《なげ》いてくれた気持ちは彼女の嘘偽《うそいつわ》りのない感情だろう。

だからこそ、そんなレナの心が変わる姿は見たくない。

自分達を裏切り、捨てる姿を目の当《ま》たり《あ》にしてしまえば、彼女に対する感謝の気持ちは恨《うら》みに変わってしまう。

普通《ふつう》の大人はちゃんといるのだと教えてくれたレナに、そんな感情を抱《いだ》きたくなくて、その一心でエリアスは最後の一線を引いていた。

レナが「そうなる」前を見極《みきわ》めて、寸前で逃《に》げ出《だ》せるように。

そうすれば、悲しみこそ感じても彼女を恨まずにはすむからと、ただそのためだけに。

しかし、あの嵐《あらし》の晩が、そんなエリアスの考えに終止符《しゅうしふ》を打った。


暴力こそ振《ふ》るわれなかったが、二人とも実家では常に精神的に追い込まれていた。

特に幼いカリンは、生まれた直後に実母を亡《な》くしていたのもあり、何かにつけて「かわいそう」「お前を生んだばかりに実母は死んだ」「そんなお前を育ててやっているのに感謝しろ」と日常的に言われて育った。

そのたびにエリアスは義両親にやめてくれと訴《うった》えるが、そうすると義父も義母も声を荒《あら》らげて今度はエリアスを罵倒《ばとう》した。

義父はものに当たる癖《くせ》があったので、怒声《どせい》と共にしょっちゅうグラスや皿が床《ゆか》にぶちまけられて割れた。

その音に、カリンは大層怯《おび》えていた。

泣けばさらに義父は声を大きくして幼い兄妹《きょうだい》を責め立てる。

それらが原因で、カリンは少しでも大きな音がするとそれ自体に怯えるようになってしまったのだ。

そんなカリンにとって、真っ暗で轟音《ごうおん》が響《ひび》く嵐の夜は天敵に近かった。

レナに引き取られ、警戒しつつもこれまで経験したことのないくらい穏《おだ》やかな日々を過ごしていた反動なのか、この日のカリンの怯え方は尋常《じんじょう》ではなかった。

いつもであればしっかりと抱きしめてやり、背中をさすって「大丈夫だよ」と声をかけてやれば落ち着きを取《と》り戻《もど》していたはずが、この日はどれだけ声をかけても体の震《ふる》えが止まらない。

いや、いや、と小さな声で泣きながら、エリアスの背中に一生懸命《いっしょうけんめい》両手を伸《の》ばしてしがみついてくる。

気を落ち着かせてやらねばと、ベッドサイドに置かれた水差しに手を伸ばしコップに水を注ぐ。

「ほら、カリンお水を飲もう」

カリンの顔は涙でぐしゃぐしゃだ。

それでもエリアスが口元にコップを持っていけば、コクリと頷《うなず》いて唇《くちびる》を近づける。

部屋の扉《とびら》が開いたのはその時だった。

暗い室内に廊下《ろうか》からの明かりが入る。逆光で一瞬《いっしゅん》誰が入ってきたのかが分からなかった。ただ、人影《ひとかげ》は女性のもので、そこでようやくエリアスは相手が誰であるのかに気がついた。

だが、カリンにとっては扉の開く大きな音が最悪のきっかけとなる。

「いやぁっ！」

恐怖《きょうふ》に身体《からだ》が反射的に逃げてしまう。その拍子《ひょうし》にエリアスが持っていたコップが弾《はじ》き飛《と》ばされ、床に落ちて割れてしまった。

まずい、と思ったがすでに遅《おそ》かった。

その音に、より取り乱したカリンは泣《な》き叫《さけ》ぶ。

ごめんなさい、おとうさまごめんなさい、と繰《く》り返《かえ》すその姿は間違《まちが》いなく異常である。

カリンを宥《なだ》めつつ、エリアスはレナに声をかける。

レナの表情が険しい。ああ、これはやはり駄目《だめ》かとエリアスは思った。実際に面倒事《めんどう》を目の当たりにするのとしないのとでは、その後の考えも変わってくるだろう。

カリンを抱きしめながら、これからどうするべきかエリアスは考える。

すると、不意に温かいものに頭を包まれた。カリンごと、エリアスもレナに抱きしめられていたのだ。

大人に抱きしめられるなどどれくらいぶりか。しかも、こんな異様な状況《じょうきょう》下で。

驚《おどろ》き固まるエリアスに気付くことなく、レナはカリンに話しかける。

その声は普段《ふだん》と変わらず明るく穏やかなもので、カリンも徐々《じょじょ》に落ち着きを取り戻していった。

そのままレナの言葉に従い、三人で同じベッドに横になった。

レナはひたすらカリンとエリアスを褒《ほ》めてくれる。それは、彼女なりになんとか自分達を落ち着かせ、心配しなくても大丈夫なのだと言っているのが伝わってくる。

特に、カリンの底辺に等しい自己肯定感《こうてい》を高めようとしてくれているのがとても嬉しかった。レナに褒められて、カリンの氷のように冷たかった身体が少しずつ温《ぬく》もりを取り戻していく。

やがてカリンは泣き疲れと安心感から眠《ねむ》ってしまった。

そこでようやくエリアスも眠気《ねむけ》を感じてくる。

おやすみなさい、とカリン以外と眠りの言葉を交《か》わしたのもどれくらいぶりだろうか。

薄れる意識の中で、エリアスはぼんやりとそんなことを考えていた。

🎀 🎀 🎀

この日を境にカリンはレナに完全に心を開いた。

おねえさま、と繰り返し呼んではレナにくっついて離れようとしなくなったのだ。

あまりまとわりついては邪魔になるのではと心配するが、レナは嫌《いや》がるどころか大喜びだ。デレデレとカリンに甘い姿を見せる。まるで孫を甘やかす祖父母の如《ごと》しで、エリアスは苦笑《くしょう》と共にその姿を見つめた。

きっと大丈夫だと思う。彼女は、少なくとも自分達をすすんで捨てたりはしない。どうしてもそうなった時は、きっと彼女も苦渋《くじゅう》の決断となるはずだ。

ならば、そうなる前に。

彼女が苦しみ抜《ぬ》く前に、その予兆を察して自分達が姿を消せばいい。

レナに恨みを持ちたくないから裏切られる前に逃げる、という考えは、レナから恨まれたくないのでその前に逃げる、というものへと変化していた。

その変化の理由は相手が恩人だからに尽《つ》きる。

しかし、この時すでにエリアスの心の奥底に小さな一つの感情が芽吹《めぶ》き始めていた。


レナのおかげで日に日にカリンは明るくなっていった。

やたらと真剣《しんけん》な面持《おもも》ちでレナが相談を持ちかけてきた時は、ついに別離《べつり》の時が来たかと身構えたが、蓋《ふた》を開ければとんだ愉快《ゆかい》な話だった。

ただただカリンを着飾《きかざ》らせたい、そのためにドレスを作ってもいいかというお伺《うかが》い。

ある意味自分達兄妹はレナのものなのだから、好きにしてくれていいのにとポツリと口にすれば、これに関しては珍《めずら》しく叱《しか》られた。

「いくら家族同士であっても、されて嫌なことは嫌と言わなきゃ駄目です！」

そんな当たり前のことですらエリアスからはすっかり抜け落ち、カリンに至ってはレナに引き取られるまで知りもしなかった。

「でもきっと、おねえさまにされていやなことなんてないとおもうの」

カリンがそう言えば、「私もカリンにされて嫌なことなんてありませんけど‼」と大はしゃぎで抱きしめる。

二人の相思相愛の姿に、エリアスはレナと出会ってようやく声を出して笑った。

そう、エリアスもカリンも笑うことができるようになったのだ。

特にカリンの満面の笑《え》みは、エリアスだって初めて見たかもしれない。

自分ではカリンに笑うことのできる環境《かんきょう》を与《あた》えてはやれなかった。

それをレナはカリンだけでなくエリアスにも与えてくれた。

決して無理に話を聞いてこようとはしない。距離《きょり》だって、エリアスとカリンが近づいてくるまでただじっと待ってくれている。強要はせず、いつでも自分達の気持ちを尊重してくれる。

安心できる場で、安心してもいい大人。

エリアスとカリンの中で、レナに対する二つの感情が急速に育ち始めた。

一つは、自分達を助けてくれるレナに恩返しがしたい。

これについては、レナはそんなことはしなくていい、考えなくていいといつも言ってくれる。

だが、せめてもの感謝の念は伝えたい。そうしなければレナにとっても、自分達にとってもいつまでも『恩人』と『救われた子ども』という関係が続いてしまう。

エリアスもカリンもそれでは嫌だと強く思うのだ。

レナとはそんな関係ではなく、本当の意味での家族になりたかった。

これが、兄妹が抱《かか》える二つ目の感情だった。

どうやったらこの願いを叶《かな》えることができるのか。

そう考える中、カリンはレナの作ってくれたドレスを着た自分がやたらと大人の受けがいいことに気がつく。

ドレスを着て大人達の前で披露《ひろう》すれば、その後レナの工房《こうぼう》に同じデザインの子ども用ドレスの注文が入るのだ。

子ども心に、これは宣伝になるのではとの考えが浮《う》かぶ。

そこからカリンはすすんでレナのドレスを着て外に出るようになった。

見知らぬ人の多い場所は苦手であったが、レナのドレスを広めるためならばむしろ好機の場と思った。

意地悪な大人や同年代の少女達の言葉を受けることもあったけれども、大好きなレナが自分のために作ってくれたドレスは、カリンにとっては無敵の鎧《よろい》にも等しい。

嫌味《いやみ》には嫌味で返す術《すべ》も覚え、カリンは広告塔《こうこくとう》としての立場を確立していった。

エリアスも同じくレナの服を着てカリンと社交の場に出るようになったが、自分の場合はより一層醜聞《しゅうぶん》がまとわりついてしまう。『買われた夫』という噂《うわさ》は、誰であろう義両親が発端《ほったん》となって広めているのだ。これではせっかくの宣伝効果も台無しになる。

表に立つよりも自分は裏で役に立つべきだと、エリアスはレナの工房の裏方の仕事を学び始めた。

商売の知識などゼロであるからして、まずは基本中の基本から。

そこから経理について学び、少しでも工房の、レナの役に立ちたいと願った。

そんな慣れぬ日々が続いたせいか、ある日エリアスは自室のソファでうたた寝《ね》をしてしまう。

こんなこともあるんだなと、エリアスは自分でも驚いていた。眠らなければと思って、無理やり眠りはすれど、こんなにも抗《あらが》いがたい眠気を感じる日がくるだなんて。

だから、扉の開く音に気がついた時に驚いたのだ。

跳《は》ね起《お》きれば、ちょうどレナが出ていくところだった。

え、と驚きに声が漏《も》れる。体の上には薄手《うすで》のブランケットがかけられており、それはすなわちレナがすぐ側《そば》にいても自分は気付かず寝ていたということだ。

エリアスは派手な音と共にソファから転がり落ちた。その音に驚いてレナも振り返る。慌《あわ》てた様子でレナが声をかけてくれ、それに対してエリアスはなんとか返事をするが内心はそれどころではなかった。

だって、自分は気付かなかったのだ。実家にいた頃《ころ》は、自分が眠っている間にカリンが連れ去られてしまうかもしれないと気が気ではなかった。

睡眠《すいみん》時が一番油断できず、エリアスは例え眠っていても人の気配を感じれば即座《そくざ》に目覚めるようになっていた。

だというのに、エリアスはレナが部屋に入ってきても、それどころか身体に触《ふ》れるギリギリまで近づかれても気付かなかった。起きなかった。

安心して、眠り続けていたのだ――。

安心できる相手だとは思っていた。けれど、まさかここまでとは。

こんなにも自分は、この人に心を許していたのかと、エリアスの胸《むね》の奥で芽吹いた感情がこの時にまた一つ成長した。


二人の恩返しは少しずつではあるが順調に進んでいた。

カリンの宣伝効果でこれまで縁《えん》のなかった貴族からも注文が入り、そこから融資《ゆうし》の話も増えてくるようになった。

さすがにこれは専門外だからと、一体どの話を受けていいのか悩《なや》んでいるレナの姿を目にし、エリアスは承諾《しょうだく》を得て融資先のリストに目を通す。すると見覚えのある名前がいくつかあった。

それは、単に義両親と関わりのある名前であったのだが、あんな連中と繋がっている時点で中身は推して知るべしだ。

その辺りを伏《ふ》せて、こちらの方が良さそうだとか、少なくともこちらはやめておいた方がいいと進言すれば、レナは元からいる経理係のトールと話し合った上でエリアスの意見を取り入れてくれた。

結果として大正解であったので、まさかあの家で過ごした日々がこんな風に役に立つ日がくるとはと、エリアス自身も驚いた。

そんな忙《いそが》しくも穏やかな時間が過ぎていく。

それに重なるように、エリアスとカリンの中で日増しにレナへの感謝の念と親愛の情、そして言葉にできない不思議な感情が育っていった。

この気持ちがなんであるのか、いくら兄妹同士で通じてはいても、それを上手《うま》く言葉にできない。言葉にできないから、誰かに教えを乞《こ》いたくてもできずにいる。

なんだかモヤモヤとしたものを抱えながら過ごすことしばし。

答えは思わぬところから見つかった。

ある晩、ふと目覚めた兄妹は喉《のど》の渇《かわ》きを覚えて部屋を出た。一階に向かう階段を降り、台所へ向かう途中《とちゅう》の部屋で話を聞いてしまう。

義両親がレナに新たに金をせびっていることを。それによりレナとヘルガが頭を抱えていた。だが二人とも義両親への怒《いか》りを向けつつも、そんなところから自分達を引き離すことができて良かったと喜んでいる。

ぶわ、とエリアスの中で一気に感情が膨《ふく》れ上《あ》がった。それはカリンも同じであったらしく、無言でエリアスの袖《そで》を引いて見つめてくる。

二人は自室へ戻ると話し合いを始めた。

「カリン、僕達はレナに恩返しがしたい」

「そして、おねえさまとほんとうの家族になりたい」

エリアスが頷けば、カリンも大きく首を縦に動かす。

「でもこのままだと……あいつらがいると、いつまでたってもおねえさまの……」

「邪魔になる。あいつらがいる限り、僕らはレナにとって助けなければならない子どものままだ」

「それはいや。いやよ、おにいさま」

「うん、だからカリン……僕らであいつらを潰《つぶ》そう。自分達の力で片づけて、レナと本当の家族になろう」

虐《しいた》げられた過去の復讐《ふくしゅう》ではない。まことしやかに囁《ささや》かれている、実の両親の死に義両親が関わっているのではという、そんな不確かな噂からのものでもない。

自分達とレナの生活を邪魔する者が許せない。これでもし、自分達とレナが離ればなれになる羽目になったらどうしてくれるのか。

レナと一緒《いっしょ》にいたい。

自分達だけのレナでいてほしい。

互《たが》いの存在しか感じることのできなかった幼い兄妹は、この日初めて独占欲《どくせん》に目覚めた。

「レナとずっと一緒にいられるように頑張《がんば》ろう、カリン」

「どうしたらいいのおにいさま？」

「とにかく力をつけないといけないな……」

そうして兄妹はひたすら時間をかけて話し合う。

自分達の未来のために敵を排除《はいじょ》する方法を。

エリアスとカリンにとって、一番にやりたいことが明確に決まった瞬間であった。

❀❀❀

庶民《しょみん》の犯罪を取り締《し》まるのは警邏隊《けいらたい》だが、貴族を相手にするのは騎士団《きしだん》である。

そのことを知ったエリアスは幼い頃からの憧《あこが》れだったからとそれらしい理由をつけて騎士を目指し始めた。

実際憧れはあったのだから嘘《うそ》ではない。絵本や童話で聞く、英雄《えいゆう》や騎士の話を知って幼子が一度はそうなりたいと夢見る程度のものであったとしても。

カリンも貴族の近くに潜《もぐ》り込むためにと進路を探した結果、最短で王宮に入り込める道として王立図書館に目をつけた。

司書として働くことができれば、堂々と情報を集められる。あそこには詳細《しょうさい》な情報の載《の》った貴族名鑑《めいかん》があるし、新聞記事も保管されている。

とにかくなんでもいい、小さな醜聞を見つけてそこから綻《ほころ》びを広げていけばいい話だ。

そのためにもカリンはなんとしても学びを得る必要があった。

カリンは利発ではあるけれど、決して天才というわけではない。だから努力した。なんとしても叶えたい、レナと本当の家族になるためへの一歩と思えば、苦行も楽しく思えた。

エリアスもまた必死に努力を続ける日々を送った。

幸いにも運動は苦手ではなく、身体を動かすことも苦ではなかったが、剣《けん》を握《にぎ》るなど生まれて初めてのことだった。

剣術《けんじゅつ》を学ぶための基礎《きそ》武術に関してもそうで、子ども同士での喧嘩《けんか》すらした経験のないエリアスにとって、訓練とはいえ他人を殴《なぐ》るのに抵抗《ていこう》はあった。

だがエリアスもまた胸に抱える望みのために、ひたすら耐《た》える。

厳しい訓練は当然だが、私闘《しとう》の禁じられた騎士団内でありながら、スカした態度が気に入らないと因縁《いんねん》をつけられては攻撃《こうげき》されるのだ。

初めの頃はただ殴られるだけだった。

しかしエリアスはただ負けるだけではおさまらない。

この恨みと悔《くや》しさは正当な場で返すと怒りを抑《おさ》え込み、攻撃されるたびに避《よ》け方を、反《はん》撃《げき》手段を常に考えた。

そうしているうちにそこらの同年代、あげくこそこそと集団で喧嘩を売ってくるような卑怯《ひきょう》なやり方をしてくる輩《やから》では、エリアスに太刀打ちできなくなった。徐々にエリアスに負ける者が増えてくる。

仮に喧嘩の場で勝っても、翌日の訓練中にボコボコにされる。そんなことが繰り返されると、エリアスに絡《から》む輩など誰もいなくなった。

もちろん、そういった人間ばかりではない。無抵抗《むていこう》で攻撃されるエリアスを助けてくれる者もいれば、喧嘩のやり方を教えてくれる者もいた。

初めてできた同年代の、そして同性の友人と呼べる存在だ。

エリアスの中でまた一つレナへ対する想《おも》いが募《つの》る。

「――こんな機会を与えてくれた彼女に、どうしても恩返しがしたいんだ」

新しくできた友人達も、レナとの関係は噂として知っていた。実情は当然知らないが、それでもエリアスのレナに対する親愛の情を理解して、その上で噂はあくまで噂だからと無視してくれている。本当にありがたいとエリアスは友人達にも感謝の念を抱いた。

そんな友人達の繋がりで、この頃のエリアスにはやたらと女性との出会いが増えた。

やれ妹だ、妹の友人だ、弟の彼女の姉と姉の結婚《けっこん》した相手の従兄弟《いとこ》の友人だとか、もはやどこかどう繋がっているのか分からない。

エリアスとレナの結婚は窮状《きゅうじょう》にあった二人を救うための手段であったことを彼らは知っている。そして、エリアスのふと漏らす言葉と態度から、レナを想うからこそもっと「相応《ふさわ》しい相手」と結ばれてほしいと考えていることがバレてしまった。

だからこその友人達のやんわりとした紹介《しょうかい》。エリアスも十六の誕生日を迎《むか》えた時に改めてレナに言われたばかりだ。

紹介と言っても、茶会などでその他大勢といる中で挨拶《あいさつ》を交わし一言二言話す程度。

そこから進むかどうかはお前が決めろ、と友人達はエリアスの負担にならないよう最大限に気遣《きづか》ってくれた。

そんな彼らの紹介だからこそ、エリアスも真剣に話を考えた。

だが、そうすればするほどに、何かが違《ちが》うと感じてしまうのだ。

当然エリアスのそんな微妙《びみょう》な反応は敏感《びんかん》な少女達には筒抜《つつぬ》けである。

結局、新しい友人になることはできても、それ以上の仲に進展はしなかった。

「なんて言うか、お前見た目は完璧《かんぺき》なのになあ」

「やっぱり一応とはいえエリアスが既婚《きこん》者なのが、向こうは引っかかるのか？」

「ええー、おれんとこそれでもいいから紹介してくれってくるけど？」

「ばっかオマエそんな肉食獣《じゅう》、エリアスに会わせられるかよ！」

「だからそういうのはちゃんと断ってるって！　おれだってこえーもん」

エリアスに紹介する相手を、友人達はとても気遣ってくれている。

少年達が知っているエリアスの事情など、少女達にだって当然知られている。

だから、そこにまだ彼女達が知らないだろうエリアスの思い――レナには自分よりももっと相応しい相手と結婚してほしいと思っている、という話をそれとなく伝えていた。

そんなエリアスの考えに共感してくれた相手を、彼らは紹介してくれているのだ。なので、話を聞く前から立候補してくるような人物は、申し訳ないがお断りさせてもらっている。

我欲《がよく》を押しつけてくる時点で、エリアスにとって相応しい人物ではないだろう。

そういった細やかな配慮《はいりょ》はできるものの、残念ながら類は友を呼ぶ。

考えるまでもなく、エリアスと紹介された少女達の仲が上手くいかない理由など一つしかないのだが、当人を筆頭に誰一人としてその考えに及《およ》ぶ者はいなかった。


自分から他の女性に目を向けるのは難しいようだ。

理由は分からないが、その事実がある以上、レナに先に相手を見つけてもらうに限る。

レナと本当の家族にさえなることができれば、例えレナの夫が他の誰になろうとも、家族としての繋がりが消えるわけではない。

そう思って行動していたエリアスであったが、最近はこの考えが浮かんだ途端《とたん》どうしようもなく嫌な気持ちになってしまう。怒り、憎《にく》しみ、悲しみ、そういったものがごちゃ混ぜになったような、まるで、カリンと本当にやりたいことを見つけた時と同じどす黒い感情――レナと自分達が一緒にいられなくなる原因を潰してしまいたくなる、あの時と同じ衝動《しょうどう》が全身を駆《か》け巡《めぐ》るのだ。

レナには誰よりも幸せになってほしい。

レナこそ本当に好きな相手と結ばれるべきだ。

しかし、そうなると自分とカリンはどうなる。

カリンはまだ妹としてレナと新たな夫のいる家庭に入ることはできるだろう。でも自分はどうか。

弟として……は無理か。

だってエリアスは嫌だと思う。自分とカリン、そしてレナの家庭の中に、全く知らない男性が新たな家族として加わることが。

「俺の弟として、でも嫌だな……やっぱり」

弟だろうと兄だろうと、自分以外の男がレナの近くにいると思うだけで腹が立つ。

これがもし、夫であったとしたら。

改めてそう考えた瞬間、エリアスの中で感情が爆発《ばくはつ》した。

嫌だ、絶対に嫌だ。自分ではない他の男が、レナの夫になるなんて許さない――。

息をするのすら忘れるほどに、怒りが全身を駆け巡る。ドクドクとうるさい鼓動《こどう》に、エリアスは深呼吸を繰り返した。

この感情の発露《はつろ》は膨れ上がった独占欲に他ならず、それはすなわち、エリアスにとってレナという存在が、すでに保護者でもなければ恩返しの対象でもなくなっているということだ。

ここまでくれば答えは目の前にあるのも同じ。しかし、少年期をろくな状態で過ごしていないエリアスにはその答えを認識《にんしき》できなかった。

この時は、まだ。


エリアスは謎《なぞ》の感情に振り回され、自分はこんなにも狭量《きょうりょう》だったのかと自己嫌悪《けんお》に陥《おちい》ってしまう。

思考は堂々巡《どうどうめぐ》りであるし、そのせいで寝不足《ねぶそく》になってしまった。

我ながらなんて不甲斐《ふがい》ない、と落胆《らくたん》と寝不足の日々の中、実地訓練の一つとして建国祭での街中の巡回《じゅんかい》に駆り出された。

多くの店と人で溢《あふ》れる場所で、エリアスの視線は吸い寄せられるように一点へ向かう。

「レナ!」

気付いた時には足が勝手に駆け出していた。

人波をすり抜け、こちらに気付いたレナが分かりやすいようにと手を振ってくれている。その姿が随分《ずいぶん》と幼く見える。まるで小さい頃のカリンのようで——エリアスはつい笑みを浮かべてしまう。

たまたまヘルガと一緒に買い物に来ていたらしい。

そこでようやくエリアスはレナのすぐ隣《となり》にヘルガがいることに気がついた。

ははあん、と言いたげなヘルガの視線になんだか腹の辺りがむず痒《がゆ》くなる。

そんなエリアスの様子に気付くことなく、レナは偶然《ぐうぜん》の再会に喜んだ。

「訓練、大変でしょうけど頑張ってください。あ、でももちろん無理無茶無謀《むぼう》は禁止ですよ。身体に気をつけて、また新年を一緒に過ごしましょうね！　今年はカリンもヘルガと一緒にごちそうを作るんだってはりきっているんですよ」

「はい、楽しみにして帰ります。レナも無理な納期を抱えたり、無茶をして徹夜《てつや》を繰り返したり、無謀にも新たなブランドを立ち上げたりしないでくださいね」

過去を具体例にあげてそう注意すれば、レナは悔しそうにエリアスを睨《にら》みつける。

横でうんうんとヘルガが頷いているので、反論の余地など微塵《みじん》もないのがさらに悔しいようだ。

「貴女《あなた》が心配してくれるように、僕も心配なんです」

「はい……わかってます、私も気をつけるので、エリアス様も本当に気をつけて。元気にお会いしましょう」

「体調を崩《くず》して帰省できなくなるなんて嫌なので、はい、気をつけます」

時間にすれば数分程度の会話だ。それでも会えたことが嬉しくて、エリアスは弾《はず》む気持ちを抑えて仲間達の元へと戻る。

すると、先程《さきほど》ヘルガから向けられた以上の、なんともいえない視線がエリアスを取り囲む。

「え……なに……？」

思わず身じろげば、逃がすものかと言わんばかりに両肩《りょうかた》にそれぞれ友人達の腕《うで》が回る。

「なんだよーオマエうっきうきじゃん！」

「普段スカしてるくせになに⁉　なんなのアレ⁉　見てるコッチが恥《は》ずかしいんだけど！」

「てっきりお前も奥《おく》さんもそういうんじゃないって思ってたけどさー、全然そうじゃん！　そういうのじゃん！」

「いや、奥さんの方はわからないけど……まあエリアスはそうだよね」

「だから、何が？」

友人達は口々にエリアスとレナについて語ってくるが、どれもふんわりとしすぎていてエリアスには欠片《かけら》も理解できない。なので素直《すなお》に問うただけなのだが、これがまた余計に彼らを騒《さわ》がせる原因となった。

「はーっ⁉　おまっ、おまえ馬鹿なの⁉　え、まさか自覚なし⁉」

「うっそだろあんだけ垂れ流しておいて⁉　自分だけ気付いてないって⁉　ほんとに？　シャレじゃなくて⁉」

「この人混みの中、あんな遠くにいた奥さん一瞬で見つけたくせに⁉」

「おれ、周囲に花が舞《ま》うっての、本当にあるんだなって初めて知った」

「俺にも見えたわー……マジで花って飛ぶのな」

「好きじゃん！　お前奥さんのことめちゃめちゃ好きなんじゃんかよ！」

「これだけたくさんの人がいる中で、遠くにいる人を一目で見つけられるなんてよほどの相手じゃないと無理だよ、エリアス。君は自分で思っている以上に……いや、思わないようにしていただけで、本当に、心の底からレナさんのことが好きなんだよ」

「わーっ‼　横で聞くおれらが恥ずかしい‼」

あまりにもぎゃあぎゃあと騒ぐものだから、遠くにいた先輩《せんぱい》訓練生が慌てて駆け寄《よ》ってくる。

「祭りの最中だからって騒ぎすぎだ！　我々が騒乱《そうらん》の種になってどうする！」

そんな小言を食らいながらも、エリアスは今し方指摘《してき》された事実に頭がいっぱいでそれどころではなかった。

たしかにレナを見つけた。というよりも、目がそこに引き寄せられた。これだけ多くの店が並び、人で溢れる街中で。

自分がレナに向けて抱いている感情。

温かく幸せなものでありながら、時折どうしようもなく辛く苦しいこの想い。

友人達が紹介してくれる少女と会っても、その後が続かないその理由。

これらは全て、彼女を家族としてではなく、一人の女性として好きだからなんだ――。

エリアスの中で芽吹いて育っていた感情が、恋慕《れんぼ》の情として花開いた瞬間であった。


エリアスが恋心《こいごころ》を自覚したからといって、レナとの関係性が急に変わるわけではない。

それどころか、自覚したからこそ、これまで以上に気をつけなければならなくなった。

エリアスとしては今すぐにでもレナと本当の家族――夫婦になりたい。

同じ家で暮らすのは当然ながら、とにかくレナの側にいたい。ずっと一緒にいて話をし、声を聞き、あの手に触れ……いやもうむしろ全身を抱きしめたくて堪《たま》らない。

あさましすぎるなと、いっそ笑いが出そうなエリアスだ。

それと同時に、よくもまあ今の今まで彼女に劣情《れつじょう》どころか、触れたいとすら思わなかったものだと感心さえしてしまう。

無自覚とは恐《おそ》ろしい。だが、一度自覚してしまうと衝動を抑えるのにかなりの労力が必要となる。これはこれで辛いものがあった。

レナとの仲を進展させるには、エリアスが今の気持ちを素直に伝えればそれで終わる、という簡単な話ではないのだ。

なぜなら、最大の難関となるのが他ならぬレナ自身だからである。

レナはエリアスの境遇を知ったからこそ、絶対にエリアスを異性として見ようとはしないだろう。元からそうなのであればエリアスはレナにとって恋愛《れんあい》の対象外、ということで諦《あきら》めもつくが、成長したためにできた身長差を埋《う》めるためにエリアスが顔を近づければ、途端に慌てふためくのだ。

僅《わず》かながらに頬《ほお》を朱《しゅ》に染めるので、これっぽっちも異性として見ていない、という話でないのは確実だ。

それでもレナはエリアスを『あの日助けた子ども』としての見方を変えようとしない。してくれない。

そういった目でエリアスを見ることが、最大の裏切りであり禁忌《きんき》だと思っているのだ。

「でもそれって、あくまでお兄様が好意を持っていない相手から迫《せま》られたら、の話でしょう？　お兄様がそれを望んでいる……というか、お兄様こそがお姉様を欲《ほ》しいと思っているんだから、なにも問題はないのに」

兄の恋心など、無自覚の時点で妹には筒抜けであった。なんならやっと自覚したのかと随分と呆《あき》れられたものだが、他に相談できる相手がいないエリアスにしてみれば唯一《ゆいいつ》の救いでもある。

「お姉様だってお兄様のことが大好きなんだもの！　こういう時はガンガンいくべきだって書いてあったわ」

「それは本の話だろう？　それに今のレナにそれをしたら……レナは逃げるよ」

エリアスとカリンの幸せを誰よりも一番に考えてくれる彼女だからこそ、自分がそんな想いを抱いてしまった、エリアスに「抱かせてしまった」と考えてしまうだろう。

そうなるときっと彼女のことだ、自分達に全財産を残して一人雲隠《くもがく》れしてしまうに違いない。

「いやよ！　お姉様と離れるなんて絶対にいや！」

「だから今はまだ駄目だ。あいつらのことだって片づけていないし」

「でもそうするとどうなの？　お兄様とお姉様は今のまま？　でも、お姉様はあんなに素《す》敵《てき》なのよ、グズグズしていると変なのがまとわりついてくるかも……」

「いるのか？　そういう相手が」

「いないわ。わたしがいるのに近づけさせるわけないでしょう！　もうお兄様ったら顔が怖《こわ》いわ！　少しは目つきをゆるめて！」

嫉妬《しっと》だけは一人前なんだから、と追い打ちをかけられてはエリアスは苦笑するしかない。

「お姉様の周りに変なのはこさせないけど、でもお姉様の気持ちまではどうにもできないもの。お姉様が、誰かを好きになったりしたら、それこそわたしとお兄様ではなにもできなくなっちゃう」

「そうならないように努力する」

好きだと自覚した途端、他の誰かに奪《うば》われるだなんて冗談《じょうだん》ではない。

それがレナ自身の気持ちの移り変わりだとしたらなおさらだ。

レナを追いつめる真似《まね》はせず、かといって他の男に目が移る余裕《よゆう》がない程度には自分の存在をレナに意識させなければ。

周囲に突《つ》っ込まれるまで恋心を燻《くすぶ》らせ続けた恋愛初心者にはまずもって無理な話だ。しかし、ならば諦めるかといえばそんな選択肢《せんたくし》はそもそも存在しない。

「本当に頑張ってね、お兄様！」

「ああ、頑張るよ」

三人でずっと一緒に暮らすために。本当の家族になるために。心から情の通った夫婦になるために。

こうして新たに誓《ちか》い合った兄妹の決意により、レナは盛大《せいだい》に乙女《おとめ》心を振り回される羽目となったのである。

エピローグ

残すところの問題は、モニカとの共同事業の話であったのだが、これは筒抜《つつぬ》けどころかすでにカタがついていた。

エリアスとのことを正直に書き、諸々《もろもろ》の理由でそちらには行けなくなったと手紙を出せば「だと思った」「むしろまだ話がつかないのかとやきもきしていた」との返事が届き、レナは仰天《ぎょうてん》した。

詳《くわ》しく話を聞けば、アネッテ伯爵夫人《はくしゃくふじん》を介《かい》してモニカとエリアスの間でも交流は進んでいたらしい。

「初めの頃《ころ》は楽しく聞いていたのよ。貴女《あなた》達夫婦《ふうふ》の可愛《かわい》らしいすれ違《ちが》いのやり取り」

お互《たが》い想《おも》い合っているくせに、なんとも微妙《びみょう》にすれ違っている。それがもどかしいやらときめくやらで、モニカも久しく途絶《とだ》えていた乙女《おとめ》心が大騒《おおさわ》ぎであったらしい。

両片想いのすれ違いに口を挟《はさ》むなど野暮《やぼ》というもの。

だからモニカはそれとなくアドバイスはしても、それ以上は口を噤《つぐ》んでいた。

ところが、それも数年続くと正直面倒《めんどう》くさいなこの二人、という感想になってくる。

エリアスがやることなすこと全てを、レナは「これは家族愛！」と言ってその枠《わく》へ押し込めてしまう。

いや絶対好きじゃないの、恋愛《れんあい》的な意味で好きだって言っているし行動しているじゃないの、とモニカが思い、そう話してもレナは聞く耳を持たない。

エリアスもエリアスで、自分の瞳の色が入ったアクセサリーを贈《おく》り、ことあるごとに甘い言葉を伝えるわりには、最後の押しが足りないのだ。

中途半端《ちゅうとはんぱ》に攻めるから駄目《だめ》なのよ！　いくなら一気にいきなさい、ガッと仕留める勢いで！　とは淑女《しゅくじょ》の嗜《たしな》みとして口にするのは憚《はばか》られたので、やんわりとエリアスに伝えてみたりもしたが、彼は苦笑《くしょう》するだけだった。

そうこうしているうちにとうとうレナが自分の中にあった恋心《こいごころ》を認めた。

やっとこれでこの面倒くさい、もとい、二人のやきもきした状態が終了《しゅうりょう》するわねおめでたい！　と思ったのも一瞬《いっしゅん》。レナがまさかのこちらの国へ来ると言い出した。

レナの気持ちも分からないでもない。

好きな相手と一緒《いっしょ》にいるのに、絶対にその想いを悟《さと》らせてはいけないのだ。

レナを追い込むわけにもいかず、モニカは突《つ》っ込みをひとまず笑顔《えがお》にすり替《か》えて話を聞いていた。

ギリギリまで機会は与《あた》えるから、それまでにさっさと捕《つか》まえに来いと、エリアスに向けて心の中で檄《げき》を飛ばしながら。

「私を間に挟んでお互い告白しているような状態だったの。途中《とちゅう》で何度ぶちまけてやろうと思ったか分からないわ」

はあ、と大きくため息をつくモニカを前に、レナは小さくなるしかない。

実際それをやられていたら果たして無駄《むだ》なすれ違いは起きていなかったのか。

それは今のレナには分からない。

が、おそらく、自分は逃げ出《にだ》していたような気がする。

そしてエリアスを傷つけ、カリンを傷つけ、二人をまたあの頃の幼い兄妹《きょうだい》に戻《もど》していたかもしれない。

「最悪の結末にならずにすんでよかった……」

エリアスとカリンの想いを新たに知るたびに、レナの口からはこの言葉が漏《も》れる。

聞く相手は皆《みな》大きく頷《うなず》いてくれるのだが、若干《じゃっかん》、その想定している『最悪の結末』が違うような、そんな空気が感じられる。

特にクラウドは激しく同意してくれるものの、決して詳しくは語ろうとしないし、そんなクラウドの様子からレナもこれはもう気にしないようにしようと心に決めた。

隣国《りんごく》でモニカと仕事をすることはできなくとも、互いの工房《こうぼう》でデザインの発表会などを行い交流は続いた。

翌年にはレナ念願のカリンとクラウドの結婚式《けっこんしき》が盛大《せいだい》に行われ、レナは両目が溶《と》けるほどに咽《むせ》び泣《な》いた。

結果、数日は仕事にもならず、エリアスとの新居でボウッとした日々を過ごすことに。が、そんなレナもその翌月にはエリアスと改めての結婚式が執《と》り行《おこな》われ、この時は逆にカリンが号泣《ごうきゅう》して大騒ぎすることとなった。

襲《おそ》いくる不幸を自らの手で打《う》ち倒《たお》した麗《うるわ》しきシュナイダー兄妹と、そんな兄妹をそれぞれ献身《けんしん》的に支えたレナと王太子。二組の夫婦の仲睦《なかむつ》まじさは王都でも広がり、やがて戯《ぎ》曲《きょく》に取り入れられたりもして、一人レナだけが羞恥《しゅうち》に悶《もだ》えたが、それ以外は穏《おだ》やかで幸せな日々を過ごすのだった。

END

あとがき

はじめまして、新高《にいたか》と申します。お手に取ってくださりありがとうございます。

本作は、元々ｗｅｂで掲載《けいさい》していた作品に、ありがたくも書籍化《しょせきか》のお声がけをいただいてこうして出版することができました。

理不尽《りふじん》な大人達に振《ふ》り回《まわ》されている子ども、を前にした時にその境遇《きょうぐう》にドン引きして、とにかく「大人として」助けなきゃ！　となる普通《ふつう》の大人の話＋自分で立ち上がって踏《ふ》みつけ返す、自立するドアマットを書きたくてできた話です。少しでも楽しんでいただけていたら嬉《うれ》しいです。

今回の書籍化にあたり、多くの方のお世話になりました。初心者の私に親身になってお付き合いくださった担当編集様。細やかな所まで見てくださった校正様、デザイナー様。そしてとても魅力的《みりょくてき》なレナと、麗《うるわ》しき兄妹《きょうだい》を描《えが》いてくださったオオトリ先生！　何度となく拝見しては顔のにやつきが止まりませんでした。本当にありがとうございます!!

最後に改めて、ｗｅｂから応援《おうえん》してくださった方、そしてこの本を手に取ってくださった方に厚くお礼を申し上げます。またどこかでお目にかかれたら光栄です。

番外編 その後の二人は、相も変わらず

その日レナはエリアスと外で待ち合わせをしていた。

全ての問題が片づいて、二人の仲が再出発するようになって初めての外出だ。

うわ、と一人先に待ち合わせ場所に着いていたレナは一気に鼓動《こどう》が速くなる。

二人っきり、という事実に急激に恥《は》ずかしくなってきたのだ。

——結婚《けっこん》を前提にお付き合いをしてください。

すでに結婚しているのに何を今更《いまさら》、な発言はエリアスからの求婚《きゅうこん》の言葉だ。

婚姻《こんいん》関係はそのままに、けれども恋愛《れんあい》感情を育てていきましょう——主に、レナの。

ということで、レナとエリアスは夫婦《ふうふ》でありながら初々《ういうい》しい恋人《こいびと》同士の状態である。

そして、そんなレナの感情を育てるという大義名分を得たものだから、エリアスの口説き方が容赦《ようしゃ》ない。「好きです」「愛しています」という直接的な言葉は当然ながら、レナに向ける蕩《とろ》けるような笑顔《えがお》と、醸《かも》し出《だ》す甘い空気が凄《すさ》まじいにも程《ほど》がある。

言葉で直接好意を伝えるたびにレナが真っ赤になって狼狽《うろた》えるものだから、最近は極力少なめにしている、とはエリアスの談だ。

代わりにそのなんとも甘ったるい空気が怒濤《どとう》の勢いで押し寄せてくる。

言葉にされるよりも恥ずかしいことがあるのだと、レナは新たな学びを得たものである。

田舎《いなか》で婚約破棄《こんやくはき》されるまではそれなりに恋愛というものに興味はあった。だが、あの騒《そう》動《どう》を経て幻滅《げんめつ》してしまい、そのまま王都に出てきてからは工房《こうぼう》を立ち上げるのに必死でそれどころではなかった。

無事軌道《きどう》に乗ったところで、今度はそれを維持《いじ》するのに精一杯《せいいっぱい》。ようやく少し落ち着き始めたかと思った矢先に、エリアスとの見合いとなったのだ。

人並みに愛だの恋《こい》だのを楽しむ時間はレナには欠片《かけら》もなかった。

エリアスもその辺りを察してくれたからこその、手加減というか手心を加えてくれているのだろうが、仮にも自分を好きだと言ってくれる相手、そして自分自身も好きだと言いたい相手にそこまで気を遣《つか》わせているのが申し訳なさすぎる。

かえすがえすも、己《おのれ》の恋愛関係への対応力の低さが嘆《なげ》かわしい。

はあ、とついため息が漏《も》れそうになるが、レナは即座《そくざ》にそれを堪《こら》えた。

待ち合わせ中にため息をついているのを見かけでもしたら相手はどう思うだろうか。

相手はエリアスだ、変な誤解はしないと思うが、それでも一瞬《いっしゅん》でも嫌《いや》な気持ちにはさせたくない。ため息が出るのは己の不甲斐《ふがい》なさに対してだけで、エリアスに対して何一つ不満はないのだから。

「レナ」

その声に顔を上げれば、嬉《うれ》しそうに駆《か》け寄《よ》ってくるエリアスがいた。

うーわー、とレナは思わずぎゅ、と瞳《ひとみ》を閉じる。

誰《だれ》もが振《ふ》り向《む》く美形が、満面の笑《え》みを自分に向けてくる。

眩《まぶ》しい。あと本当に周囲に花が舞《ま》っている。

舞っている、とは先日出会ったエリアスと同期の騎《き》士《し》の面々から聞いたものだ。

なんでもエリアスはレナを見つけた途《と》端《たん》、周囲に花を咲《さ》かせるという。

またまたご冗談《じょうだん》を、とその時は笑って聞き流していたが、改めて見ると本当に花が舞っている――ように錯覚《さっかく》してしまうくらいに、エリアスは嬉しそうだった。

つまりは、早い話が「それだけレナさんを好きなんだなって、ダダ漏れですよね」という同期の青年の談である。

ひあああああ、とレナは叫《さけ》びそうになるのを必死に耐《た》えた。

庶民《しょみん》とはいえ貴族を相手に商売をしている以上、レナだって淑女《しゅくじょ》としての嗜《たしな》みの一つや二つはあるのだ。

だからなんとか、それらを総動員してこの場を凌《しの》ごうとする。

「レナ？　どうしました？　目にゴミでも？」

エリアスの指が頬《ほお》に触《ふ》れる寸前、レナは慌《あわ》てて目を開け首を横に振る。

「いえいえいえ大丈夫《だいじょうぶ》です、ちょっと眩しくて！」

エリアス様の笑顔が、との言葉もどうにか淑女として呑《の》み込んだ。

おかげでレナの淑女成分はすでに枯渇《こかつ》するがもうどうしようもない。

「すこし日差しが強いですもんね。そんな中お待たせして申し訳ないです」

「私が早く着いただけなので、エリアス様は時間ぴったりですよ」

なんだか以前にもこんな会話をしたな、と記憶《きおく》が蘇《よみがえ》る。どうやらエリアスも思い出したようで、二人で小さく笑い合う。

「それじゃあ無事お互《たが》い間に合って合流できたということで、行きましょうか」

「そうですね、今日はよろしくお願いします」

今日はレナが待ちに待った、とある商会の開店日だ。

隣国《りんごく》で名高いレースを取《と》り扱《あつか》う、国内唯一《ゆいいつ》の店舗《てんぽ》となる。

庶民は元より、貴族、はては王族のドレスにまで使用されるフェルベーク製のレース。一般販売《いっぱんはんばい》となれば即《そく》完売間違《まちが》いない。店内も人が溢《あふ》れて入店待ちの列ができるほど。

で、あるからして、本日は事前に招待状を持った限られた人間しか入ることが許されていない。

レナはモニカ・フランシルに頼《たの》み込んでこの招待状を手に入れたのだ。

「そんなことしなくても、貴女《あなた》くらい名が売れていたら向こうから送ってくるわよ」

モニカはそう言っていたが、万が一という場合もあるからとレナはひたすらモニカを頼《たよ》った。

「結局レナの心配は杞憂《きゆう》でしたね」

エリアスの手元にあるのは本来レナ宛《あて》に送られるはずのものだった。すでにモニカからの紹介《しょうかい》で送ってもらう手筈《てはず》ではあったが、わざわざもう一通送られてきたのだ。

「これは、モニカ・フランシルの関係者だからではなく、レナ・シュナイダーの腕《うで》を見込んで今後も付き合っていきたいということでしょう？」

「あああ嬉しい……これもそれも全部カリン……カリンのおかげだわ……」

カリンの婚礼衣装《こんれいいしょう》にはフェルベークのレースを使用した。そのデザインを、先方の社長がいたく気に入ってくれたらしい。

なかなか新規の取り扱いを増やそうとはしない気難しいところであるだけに、その機会を与《あた》えてくれたカリンにはひたすら感謝するしかない。

エリアスとカリンからの怒濤の恩返しは、今もまだこうして続いている。

「エリアス様ももう本当に充分《じゅうぶん》ですからね？　恩返しなんてすでに完済ですよ？　これ以上は無理ですから！」

王太子の専属護衛の騎士で、未来の王太子妃《ひ》の実兄《じっけい》。腐敗《ふはい》しきって領民を苦しめ、人としてあるまじき行為《こうい》をしようとしていた義両親を涙《なみだ》ながらに捕《と》らえ、それらに付随《ふずい》していた他の貴族もろとも一掃《いっそう》した救国の英雄《えいゆう》。

この肩書《かたが》きだけでおつりがくる。なんなら過剰受益《かじょう》でレナの方が返済に回る番だ。

だというのに、これらは全て、我が身を挺《てい》して幼い頃《ころ》の彼らを救ってくれた恩人への感謝と、そこから育んだその恩人——結婚という、女性にとってはとても大事な手段を用いてでも助けてくれた妻に対する溢れんばかりの愛情によるものだという、なんとも愛と感動に満ちた実話である。

英雄様であり国中どころか隣国にまで名を轟《とどろ》かせているという話もある愛妻家は、誰であろう隣《となり》にいる男性であり、つまるところはその愛妻とやらはレナしかいない。

連日、噂《うわさ》好きの貴族の奥様やご令嬢《れいじょう》、富裕層《ふゆうそう》のご夫人から引っ張りだこだ。

新規の注文や既製《きせい》品のドレスであっても嬉々《きき》として購入《こうにゅう》してくれるのでありがたくはあるけれど、できればしばらくはそっとしておいてほしい。

あまりにもいたたまれなさすぎて、レナは今、強制的に休みに入っている。

「やっと全部片づいたのよ⁉　お姉様ともっと一緒にいたいの‼」

カリンのこんな我儘《わがまま》というにはあまりも可愛《かわい》らしすぎるおねだりに屈《くっ》したから、というのが本当の理由ではあるが、中身があまりにもアレなので隠《かく》されている。

とにもかくにも、カリンだけでなくエリアスの肩書きと内面においてもレナに対しての恩恵《おんけい》が多すぎるのが実情だ。

腐敗貴族を一掃したおかげで王家からは莫大《ばくだい》な報奨金《ほうしょうきん》も与えられているし、エリアスが辞退したからと、永続的ではなく一代限りではあるけれど爵位《しゃくい》も賜《たまわ》った。

「これ以上は……本当に無理です……」

身の丈《たけ》に合わない財は身を滅《ほろ》ぼす原因にしかならない。

「はい、これからはレナを口説くことに全力を注ぎますので」

「それも無理ぃ!!」

手加減されてもなおこの威力《いりょく》。レナは反射的に逃《に》げ出しそうになったが、すでに片方の手はエリアスに捕《つか》まっている。するりと指と指が絡《から》み合《あ》い、掌《てのひら》がしっかりと触れ合う。

「こういう繋《つな》ぎ方を、恋人繋ぎと言うそうですがレナは知っていましたか?」

「いいえ……ええと、まあ、子どもと手を繋ぐのとは、ちょっと違《ちが》いますね?」

突然《とつぜん》の手繋ぎにレナは動揺《どうよう》しっぱなしだ。だから、次のエリアスの会心の一撃《いちげき》にあまりにも無防備だった。

「レナとは夫婦ですが、今は恋人期間でもありますから……やっと恋人繋ぎができて嬉しいです」

繋いだ手に軽く力を籠《こ》めつつ、エリアスは恥ずかしそうに、それでいてとても嬉しそうに笑みを深める。

そのあまりの破壊《はかい》力に、一瞬、だが確実にレナは意識を失った。

危うく膝《ひざ》から崩《くず》れ落《お》ちかけたレナであるが、底をついた淑女の矜持《きょうじ》に代わり、年上の気力を振り絞《しぼ》ってなんとか耐えた。それでも足下《あしもと》がふらつくので手近なカフェに入り休息を取った。そのおかげで気力は回復したのでようやく目的の店へと向かう。

「うわあ……！」

中へ入った瞬間《しゅんかん》、レナは水を得た魚のように動き回った。

並べられている見本品を手に取り、店員へ頼んで本物を見せてもらう。

その場で買いつけすると次の商品へ。

かろうじて回復していたはずの気力は満タン、それどころか許容量を超《こ》えそうですらある。それくらいレナはテンションが高くなり、店を出る時にはまたしてもぐったりと倒《たお》れそうになっていた。

「すみませんエリアス様……」

こうして迷惑《めいわく》をかけているのはもちろんだが、買いつけ中は完全にエリアスの存在を忘れていた。それが目的であったにしても、せっかく一緒に出かけているのだからもう少しこう、我慢《がまん》しなければならなかったはずだ。

「俺は楽しそうにしているレナを見られただけで充分ですよ。それにそもそも、今日は荷物持ちでついてきていますから、貴女が気にする必要はありません」

「そう言ってもらえると心が救われます……」

広場のベンチで休憩《きゅうけい》しながら、それにしてもとレナはしみじみと思う。

「エリアス様はカリンにすごく甘いですけど、私に対しても甘すぎやしませんか？」

「カリンに甘いというのは、レナには言われたくないですけど」

「いやそれは仕方ないでしょう！　だってカリンはあんなに可愛いんですから甘やかしたくもなりますって‼」

カリンを甘やかす筆頭はレナだが、最近そこに強大な敵が現れている。

「クラウド殿下《でんか》と競《きそ》い合うのはやめてくださいね」

「殿下も驚《おどろ》きの甘さですもんね……」

「どれだけ甘やかしても、カリンの一番はレナなので殿下が拗《す》ねるんです」

そしてそれの相手をしなければならないのはエリアスなので、非常に面倒《めんどう》くさいのだそうだ。

「俺がレナに甘いというのは、それこそ仕方がないですよ」

「どうしてですか？」

「好きだからです」

疲《つか》れていて頭が回っていなかったのが大失敗だった。考えるまでもなく、エリアスがそう答えるのは分かりきっていたというのに。

「もう少し……手心的な意味で甘くしていただけるととても助かります……」

「手心は充分に加えているからこれ以上は駄目《だめ》です」

どこが、と無言とはいえ突《つ》っ込みを入れたのがやぶ蛇《へび》だった。それはもう、素晴《すば》らしい笑顔でエリアスが追い込んでくる。

不穏《ふおん》な気配を察知してレナは腰《こし》を浮《う》かす。が、しかし、それより先にエリアスがレナを捕まえるのが早かった。

再び指を絡めて手を繋ぎ、そのまま自分の口元へと運ぶ。

ちゅ、と可愛らしい音と共に一瞬だけエリアスの唇《くちびる》がレナの手《て》の甲《こう》に触れた。

ビクン、とレナの肩《かた》が大きく跳《は》ねる。

手の甲へのキスはこれが初めてではない。しかし、こんな街中でされたことはないし、おまけにいつまでたっても手を離《はな》してくれないのだ。

手の甲から指先に、触れるか触れないかの位置でエリアスの唇が止まっている。

掲《かか》げた手の先から向けられる彼の目元はどこか艶《つや》っぽく、レナは正面から見つめられたまま視線を逸《そ》らせない。

「本当は今だって貴女を口説きたいし、もっと触れたいと思っているんですよ」

とびきりの甘い声に、レナの心臓はついに白旗を揚《あ》げた。

顔から湯気でも出そうな勢いで赤くなると、そのままベンチの背もたれに倒れかける。

だが、突然方向が変わる。

エリアスが掴《つか》んだままの手を引いて、自分の腕の中にレナを閉じ込めてしまった。

もはやレナは虫の息。悲鳴も出なければ身体《からだ》を動かすこともできない。唯一の救いは、エリアスに抱《だ》きしめられているので真っ赤になった顔を見られずにすむということだ。

「いい加減、俺に慣れてくださいね」

言葉だけならただの愚痴《ぐち》だが、レナの背を撫《な》でるエリアスの掌の動きは優《やさ》しい。

恋人を宥《なだ》めるというよりは、幼子を落ち着かせる動きに近い気もするが、こと恋愛面においてレナは幼子に等しいのでこの扱い方に文句は言えない。

ひたすら恋《こ》い焦《こ》がれて、それでも相手を想《おも》うからこそ耐え続けたこの数年間。それがようやく解放されて、誰に遠慮《えんりょ》するでもなく愛情を届けられると思えばこの有様《ありさま》なのだ。

それで自棄《やけ》になるでもなく、気持ちを押しつけてくるでもなく、レナの速度に歩み寄ってくれているのだから、確かにこれ以上の甘えは許されないだろうし、そもそもその余地がない。

「レナこそもう少し……カリンへ向ける半分の半分、のさらに半分くらいは俺に優しくしてくれてもいいと思いますよ？」

「お……仰《おっしゃ》る通りです」

レナはエリアスの胸元《むなもと》に額を押しつけている。

本当にエリアスの言葉に反論ができない。自分の方が五つも年上だというのに、エリアスにばかり都合をつけてもらっている。

レナの声は小さく、そして腕の中からだったのでくぐもっていた。聞こえるか聞こえないかの微妙《びみょう》な声を、しかし優秀《ゆうしゅう》な彼の耳はきちんと拾い上げた。

「嘘《うそ》ですよ。充分レナには優しくしてもらっているので、俺のことは甘やかさなくても大丈夫です」

「え⁉　むしろ対応的にはほぼ塩だと思うんですが⁉」

「俺を拒絶《きょぜつ》しないで、側《そば》にいさせてくれるだけで充分に甘やかされていますから」

「ほんっっとうにすみません！」

エリアスの本心からの言葉であるだけに、己の酷《こく》さが浮き彫《ぼ》りにされレナはひたすら謝罪するしかなかった。

色々と反省すべき点はあったが、それでも楽しい一日ではあった。またしてもエリアスに手を繋がれてはいるけれど、二度目であるので動揺は初回よりはマシだ。

ふと前を見れば、父親と母親に手を繋がれた少女が真ん中ではしゃいでいる。仲睦《なかむつ》まじい家族の光景に、レナの口元は自然と綻《ほころ》んだ。

「そういえば……」

同じく前を見つめたまま、エリアスがしみじみと頷いた。

「昔、レナにいい父親になると言われたことがありました……」

「え？　あー……ああ、たしかに、そんな風に言った覚えがあります」

エリアスが剣術《けんじゅつ》大会で優勝した後の話だ。カリンへの贈《おく》り物《もの》を買うのを一緒に選んでほしいと頼まれ、今日と同じように二人で店を回っていた。

「もちろん今だってそう思っていますよ。エリアス様は良き父、良き夫になるって！」

そこについては今も昔もレナの気持ちに偽《いつわ》りなどない。だというのに、久方ぶりにエリアスはなんとも言えない微妙な表情でレナを見つめる。

「その家族に、レナはいてくれますか？」

もちろんですよ、と口を開くがそのまま言葉が出てこない。

この問いはあの時も受けたものだ。それに対して自分はなんと返したのか。

「お……おわぁ……」

「気付いてもらえて何よりです」

さすがにここであの時と同じ答えは傷つくので、とダメ押しされてレナはさらに地を這《は》うような声を漏らす。

「まさかあそこで、あんな答えが返ってくるとは思ってもいませんでした」

確かにあの時のエリアスの醸し出していた空気は今と同じだ。つまりは、レナをそれとなく口説こうとしていた。最低でも、異性として意識させようと必死だったのだ。

「どうやったら通じるのかと本気で頭を悩《なや》ませましたね」

「とんだご苦労をおかけしまして……すみません」

「だから、貴女に気持ちを伝えるのには遠回しな言葉ではなく、直接的なのが一番効果があるだろうという結論に達したわけです」

「おそらく正解かと思われます！」

「なので、頻度《ひんど》はまだ堪えますすけど、直接的なのは耐えてください」

これで否と答えるだけの度胸はレナにはない。「全力で耐えます」とかろうじてそう返した。

「それで……今はどうですか？」

「何がです？」

「今のレナは、良き父、良き夫となれそうな俺の家族の……どこにいてくれますか？」

「それは……もちろん、エリアス様の、隣、に……いますよ。ええ、そこが私の場所ですからね！」

「もっと明確な言葉で欲しかったですけど、これまでのレナを考えると今回はこれで満足しておきますね」

これもまたエリアスからの甘やかしなのだろう。

なんだかやたらと悔《くや》しい気がするも、かといってじゃあはっきりと言葉にできるかと言われると無理な話だ。

エリアスが言う通り、これが今の精一杯なのだから仕方がない。

それでもやっぱり悔しいので、レナは繋いだ手に力を籠めて引っ張るようにして歩き出す。背後でエリアスが笑う気配を感じたが、恥ずかしすぎて振り返ることはできなかった。


帰りの馬車の中。

ゴトゴトと揺《ゆ》れはするものの、新しく『シュナイダー伯爵家《はくしゃくけ》』として拝領した馬車であるので乗り心地《ごこち》はいい。

対面で座ったまま、レナはずっと頬の赤みが引かずに苦労していた。

今日はこのままカリンのいる王宮へ向かいそこで宿泊《しゅくはく》の予定だ。

せめてカリンに会うまでには、この赤く染まった顔をどうにかしたい。

それもこれもエリアスが、と完全なる八つ当たりで前方を睨《にら》みつければ、当の本人は窓辺に頭を預けてうたた寝《ね》していた。

エリアスの眠《ねむ》りが浅い——他人がいる場では、すぐに目が覚めてしまうのだと知ったのはいつだっただろうか。

そうなった原因が、幼い時のあの悪夢の如《ごと》き境遇《きょうぐう》によるもので、レナはその話を聞いた瞬間《しゅんかん》怒《いか》りに我を忘れそうになった。

「一発……いいえ二発、じゃなくてもう五発とか十発とか、とにかく顔がボコボコになるくらい殴《なぐ》って、そして逆関節でとどめをさしてやりたい!!」

今にも外に飛び出しそうなレナを、エリアスがこの時ばかりは慌てて引き留めていた。

諸悪の根源はすでに冷たい牢《ろう》の中だ。レナが手を下す必要はどこにもない。ただ、レナの気持ちが治まらないだけだ。

「もうあいつらのことはどうでもいいです。今はレナのおかげでゆっくり眠れるようになりましたし」

こう口にする時のエリアスはとても幸せそうに笑う。

実際幸せなのだろう。最愛の人を腕に抱いて安眠《あんみん》できるのだから。

おかげでこっちが寝不足《ねぶそく》ですけどね、とまたしても眼光が鋭《するど》くなりかけるが、エリアスの穏《おだ》やかな寝顔《ねがお》の前には、レナのつまらない羞恥《しゅうち》による怒りなどすぐさま霧散《むさん》する。

他人がいると熟睡《じゅくすい》できないエリアスが、レナと一緒ならば大丈夫だと笑ってくれる。

それはレナにとっても嬉しい話であり、それと同時に幸せでもあった。

エリアスとカリン、二人の笑顔が見たくてレナは頑張《がんば》ってきたのだ。

コツン、とエリアスの額が窓を打つ。

どうしたって揺れは出てしまう。到着《とうちゃく》まではまだ時間はかかるだろうし、散々連れ回したお詫《わ》びも兼《か》ねてエリアスには今のうちに存分に休んでほしい。

逡巡《しゅんじゅん》したのはほんの少し。レナは意を決して立ち上がると、エリアスの隣に移動した。

起こさないよう気をつけつつ、窓からエリアスの頭を離して自分の膝元《ひざもと》へ誘導《ゆうどう》する。

固くて冷たい窓よりも、多少はマシなはずだ。

問題なのは、膝枕《ひざまくら》という状態に自分の羞恥心《しゅうちしん》が耐えられるかどうか。

エリアスは体の移動があっても起きる気配はない。

さらさらと流れる黒髪《くろかみ》を撫でているうちにレナの気持ちは落ち着いてくるが、今度は違う感情が騒《さわ》ぎ出す。

できごころ、とは違う気がする。

魔《ま》が差した、ではなんだか悪いことをするようだ。

そんなのじゃなくて、これはええと……とレナは言葉を探す。

ふと浮かんだのは『愛《いと》おしい』という言葉。

ああこれだ、これが一番自分の今の気持ちにぴったりだと、レナはその言葉に導かれるようにエリアスの額にそっと口づけた。

「……俺はもう子どもじゃないんですけど」

完全に拗ねた声でエリアスが目を開ける。

「いっ……いつから」

起きて、という言葉はエリアスの口に吸い込まれた。

一瞬の触れ合い。けれど、レナの思考を止めるには威力は充分すぎる。

「俺がどれだけ我慢しているか、レナはちっとも分かってくれない」

口調も表情も、まるで子どものようであるのに、行動だけがそれに伴《ともな》わない。

エリアスは起き上がると、レナの体を引き寄せ抱きしめる。逃げられないように腰と頭の後ろに手を回しつつ、軽く頭を下へ引いた。

エリアスを見上げる形で頭を固定されてしまった。顔を動かすなどどうやっても無理である。

だからレナの唇は何度となくエリアスに奪《うば》われる。

啄《ついば》むような口づけから、やがてじっくりとすり合わせる動きへと変わっていく。

不意に湿《しめ》り気《け》のある何かがレナの唇を濡《ぬ》らす。

その正体に思い至ったと同時、レナは渾身《こんしん》の力でエリアスの背中を叩《たた》いた。

「……レナ、顔が真っ赤ですよ」

「だ……誰のせいだと……！」

ただでさえ、エリアスとキスをしているという状況《じょうきょう》が恥ずかしくて堪らない。

そこに、唇が塞《ふさ》がれて息ができないという物理的な原因が加わる。

そして最後に、エリアスの舌で唇を舐《な》められたのだからレナは混乱の極《きわ》みに陥《おちい》った。

顔が赤くなるのも当然だ。

だというのに、エリアスは平然としている。

「誰のせいって、俺ですね。俺以外が貴女にそんな顔をさせるだなんて許さないし、そもそも貴女に触れていい許可を得ているのは俺だけです」

特段許可を出した覚えはレナにはなかった。だが、今にも唇が触れ合いそうな距離《きょり》ではとてもじゃないが口にできない。

それに、出してはいないが、かといってじゃあエリアス以外にその許可を出すのかと言われれば答えは否だ。

エリアス以外に触れられたいと思わない。となれば、これはすでに許可を出しているのと同じなのだろうか。

羞恥と混乱にレナの思考はズレていく。

その気配を察知したのか、エリアスはもう一度触れるだけのキスをするとレナの身体をヒョイと持ち上げた。

「うわっ⁉」

レナの短い悲鳴が馬車の床下《ゆかした》に落ちる頃には、すでにエリアスの膝の上にいた。背後から抱きしめられ、レナの肩の上にエリアスの頭が乗る。

「あの……エリアス……？」

様、と続きそうになった言葉を寸前で呑み込みつつも、レナの困惑《こんわく》は消えない。

エリアスはレナの肩に額をこすりつけながら、何度も長いため息をつく。

「ああああのですね、そこでそうされると……くすぐったくて堪らないんですけど！」

「俺はレナに我慢を強《し》いられて堪らないのでおあいこです」

「なんですかそれ！　私は別に我慢を強いてなんて」

「じゃあ今ここで貴女を抱いてもいいですか？」

この場合の抱くの意味が、今の状態と同じであるとはさすがにレナも思わない。

「レナにそんなつもりがないのは分かっています。はい、俺はずっと貴女が好きだったので、貴女のそういったところは誰よりも理解していますよ」

エリアスの言葉を間近で聞きながらもレナは必死に身体を動かす。どうにかして逃げ出そうという無駄《むだ》な抵抗《ていこう》は、簡単にエリアスに阻止《そし》された。

ぎゅう、と腕の力が強まり、レナは微動《びどう》だにできなくなる。

「でも俺は隙《すき》あらば貴女に触れたいしキスだってしたいし、それ以上のことをしたいと思っているんです」

だから、とエリアスは一呼吸置いてレナにとどめを放つ。

「――あんまり、俺を煽《あお》らないでください」

「猛省《もうせい》します……」

王宮への道はまだまだ遠い。

カリンに会うまでに顔の赤みをどうにかしたかったレナであるが、それは到底叶《とうていかな》わぬ話だ。

「お姉様もお兄様も顔が赤いわ！　熱でもあるの!?　大丈夫!?」

「カリン……カリン、二人を思うならそこはそっとしておくのが優しさだ」

無垢《むく》なカリンと、冷静に事態を把握《はあく》し生ぬるい視線を向けてくるクラウドに、レナとエリアスはより一層顔を赤く染めるしかなかった。

■ご意見、ご感想をお寄せください。
《ファンレターの宛先》
〒102-8177 東京都千代田区富士見2-13-3
株式会社KADOKAWA ビーズログ文庫編集部
新高 先生・オオトリ 先生

●お問い合わせ
https://www.kadokawa.co.jp/（「お問い合わせ」へお進みください）
※内容によっては、お答えできない場合があります。
※サポートは日本国内のみとさせていただきます。
※Japanese text only

ビーズログ文庫

あの日《ひ》助《たす》けた幼《おさな》い兄妹《きょうだい》が、怒濤《どとう》の勢《いきお》いで恩返《おんがえ》ししてきます

新高《にいたか》

2024年6月15日 初版発行

発行者　山下直久
発行　株式会社 KADOKAWA
〒102-8177 東京都千代田区富士見2-13-3
（ナビダイヤル）0570-002-301
デザイン　しすい紺
印刷所　TOPPAN株式会社
製本所　TOPPAN株式会社

ISBN978-4-04-738006-6 C0193

定価はカバーに表示してあります。
◇◇◇